流淌的岁月
在指尖疯狂

张旭升◎著

安徽师范大学出版社
·芜湖·

图书在版编目(CIP)数据

流淌的岁月在指间疯狂 / 张旭升著. —芜湖:安徽师范大学出版社,2019.5

ISBN 978-7-5676-3977-5

Ⅰ.①流… Ⅱ.①张… Ⅲ.①诗集-中国-当代 Ⅳ.①I227

中国版本图书馆CIP数据核字(2019)第052050号

流淌的岁月在指间疯狂

LIUTANG DE SUIYUE ZAI ZHIJIAN FENGKUANG　　张旭升　著

责任编辑:谢晓博　陈　艳

装帧设计:丁奕奕

出版发行:安徽师范大学出版社

芜湖市九华南路189号安徽师范大学花津校区

网　　址:http://www.ahnupress.com/

发 行 部:0553-3883578　5910327　5910310(传真)

印　　刷:浙江新华数码印务有限公司

版　　次:2019年5月第1版

印　　次:2019年5月第1次印刷

规　　格:700 mm ×1000 mm　　1/16

印　　张:17

字　　数:171千字

书　　号:ISBN 978-7-5676-3977-5

定　　价:48.00元

/ 写 在 前 面

一

一个人坐在夜幕初裹、寥无几人的图书馆，内心有一种宁静又热烈的情感。在翻越前人思想痕迹的同时，我也在人类主体建构的环境中，思索人类存在的意义和方式。我和所有人一样，渴望达到一种存在的至明，获得一种更广阔范围内的自由。

我们就是这样。一个在人类知识建构鼓动下，纯粹的理想主义者，渴望运用大脑的智慧，寻找一种生命存在的坚实依托，一种可靠的情感宣泄渠道，一种更高尚实在的幸福。我从不矫饰人类的道德，因为它因着人类自身的存在而存在。只是存在的现象令人困惑，好似被一种若隐若现的迷雾包裹。我也从不怀疑诗歌的必要性，即使在浮躁喧杂的今天，我依然遵从涌自灵魂的声音，它以语言的方式指引着我的脚步，让我窥见真理实在的亮光。即便我常常陷入一种重复的、一无所有的空旷和深刻孤独中，也从未想过远离。

自我这般倔强，坚定地溯游在诗歌的迷雾与澄明中，让我拖着疲惫又精力满溢的身体，审视自我与他人的存在境遇抑或存在困境，也审视内心所萌发的种种欲望。思想就是这样将“我”抛入一种相对的无限中，对未知充满好奇和热情，然后又是四处碰壁的绝望。只好用反思和知性的臆想感知存在，恍悟之前预设的所有不过是另一种叙述真实的假说。

二

记忆在生命中的意义，是生命长度的总和。作为一个在记忆中漫步的人，记忆带来的是一种叙述方式，是一种生命的情怀。我渴望在一种叙述的语言中得到这种记忆的再现，在一种抽象的表现中得到一种生命的体悟和感知。叙事同样是存在的方式，个体的生命可以被任意定义，只有被定义之后的生命才是真实存在的生命，否则就像从未被认知的自然界一样被看成是无，是虚无。如若没有认知，没有记录，没有被认知，人就和任何一只蝼蚁一样，是某种意义上或某个领域中无意义的存在，可以被“自然”任意践踏。人是自然界中极其渺小的一分子，却因有了灵性而成为自然界最贪婪、最活跃的存在者。他们渴望突破自我，改变自然预设的方向，创造属于人类自身的奇迹，也为本身“自然”的存在赋予了“意义”。人类文明在后现代的眼睛里或许遭遇了拒斥，但人们已经实实在在站在几千年走过并持续延伸的土地上。即使自我的膨胀和无休止的贪婪是一种道德意义上的罪恶，对于自诩为智慧生物的人们来说,叙述灵性存在本身就是一种道德律。

三

我把身体安放在冬天，企图用寒冷的空气唤醒意识里潜藏的灵性。我走在人迹稀少的路上，让雪花肆意堆积在我的头发上。面颊散发着冷热的气息。“颤抖”“颤抖”，嘴唇无意识地跳动着，嘲笑瑟瑟寒流中颤巍的脚步。我不知道自己为什么要走在路上，四顾仍是一片茫然。

原初的理想或者设想和现实的行动总是有很大的差

别，当我真正坐在了这里，走在了路上，感性的力量却又常常强过理性。人作为一定程度上的感性存在，感知自我心灵主宰的情绪，情绪又控制着身体。我想，人若真的成了纯粹理性的生物，抛却感性的成分，那必然会是一种比死亡还可怕的悲哀。感性的存在让我们的浪漫情怀有所依存，而正是因为这样的依存，人才会对理想始终心存念想和期待。

虽然没有目的，没有价值权衡，我还是继续走在这条路上。作为一种存在，我走在诗歌的路上，一路颤抖，一路反思，一路前行，在瑟瑟发抖的脚步中，体悟寒冷和温暖。

梦想的翅膀

——写给自己的二十岁

我生存于渐渐升起的轨道
它向上移动，脱离了世间万物
也许我永远也到达不了我的最终目标
但我要努力去获得
——里尔克

在第二十个年轮的圈线上
梦想的翅膀，是风筝
挂在枝头，一松手就跌落在地上
它不是象牙塔的装饰，为何
被打湿了羽翼
浸透了奋斗者沉默的哀伤

一

真理与智慧的旗帜，高高飘扬
追随，使很多人失去了力量
我依然还在企图
用逝去的光辉寻找
在密闭无隙的荒谬里
演绎陌生人群，川流的节奏

沿着皮肤的裸露
迈着步伐
用贫瘠感知太阳
二十年的等待
用厚厚的牛皮纸封锁着
连同青春
作为无所畏惧、孤独的追随者
但愿我们一样

二

十五年前，有人问我
长大了要做什么？
渴望的力量在躯体的羁绊里膨胀
僵硬的土地和盛开的鸡冠花
在校园的操场上放飞了第一次的远航
童话在童年的梦乡
用美丽和善良征服了威严的力量
幻想的手抓着空空道儿的项圈
爬进夜的窗户
在梦的一端采撷光辉

古希腊的勇士们并不知道
东方的汨罗江上，承载过一位诗人的哀伤
漫游者的足迹跨不过长安矮矮的宫墙
美妙的爱情不止等待在静悄悄的葡萄架下
七月七日的鹊桥承载不了源自古老的悲伤
时空穿梭，幻想在童年的奇思中行进
没有人知道，我从未曾走出那堵溢满菊香的院墙

三

红色旗帜下，沸腾的激情也曾牵引稚嫩的手臂高扬
升腾着一种忘我的高尚
梦想的翅膀在青春的波澜中激荡
用飞翔的尝试积蓄力量
梧桐树下，一道道语言的桥梁
用黎明曙色中昏暗的灯光
张望梦的方向
黑洞虹吸着永不枯竭的欲望
这是生命的第二次飞翔，天使酣睡在天堂

四

我遇到了一位过去的朋友
他的眼神让我心生哀伤
那曾经是我追逐的力量
希望，在闭塞的象牙塔中开放
偶遇，是在一个拐角的长廊
苏格拉底的审判在信仰的领域阐述了存在
弗罗姆的爱让我稳稳地站在了地上

五

二十年后，我松开妈妈护送的手
学会独自行走
追求因为漫长而渗进了苦痛
我们寻找驱散孤独的力量
……

目　录

活在珍贵的人间

那些爱的困扰

那一年期许的花开

01

活在珍贵的人间

活着，不能离开现在

活着，我不能离开现在
阳光下，舒展紧绷的手臂
在膨胀的空气里
倾听流动的、温暖的声音

现在，正在到来也即将逝去
无法逃开，哪怕只是逃开一个错觉
转眼，又在未来预设了新的盲目
酿造一个个、简单的错误

岁月，在逐渐封闭的记忆里渐行渐远
失神的眼睛，无法逃开
疼痛的情绪，无法修改……

生 无 所 依

在浮华的城市里，活得卑贱
像一头疲惫的骆驼，随时会倒在荒漠中
等待腐臭、消散
那逝去的和将要逝去的时光，除了衰老
留下的都将是空白一片
如浮光在梦的一闪
睁眼就随风不见
活着，仅仅在当下的心境中纠缠

岁月枯萎的枝叶
熬不过寒夜里冷风一晚
记得在明媚的时光
它也曾长出过嫩白的根茎

梦想，无非是想寻找一片温热的土壤
用枝枝蔓蔓的滋长，繁华一世喧嚣
纠结世世的迷盲
在对的时光里
不是每一片叶子都能及时地落下
在生的依恋中
不是每一个人都懂得蹉跎

梳　　理

概念，是一种空洞的美
阳光穿透空间，批判着思绪的方向

每一次陈述都是慌张
每一次接近都是失望

尘土飞舞的杂章
充斥在分裂的城市
背叛了高贵的文明
楼与楼复制的沉默
沦陷了夜的五颜六色
身体
正倚靠在天边一抹栏杆上
丈量
你与我此刻的距离

往而不返的青春
销蚀了颜色
却没有糖果

泡沫般的记忆
被溅满了冰冷的唾沫

游离的灵魂，舒展在阳光打散的时光中
自由地体验快乐
找不到一幢楼层可以栖息
夜的忧伤闪烁着霓虹
宣告与白天的剥离
华灯初上的表演，没有是非
讲述的不再是故事
而是一个过客……

盲　目

在人群中东升西落
太阳的光束，见证
一尊雕塑在活着
永远谦卑地低头
躲避人群的光焰
原本以为梦想是荣耀
原本以为赤诚能唤醒

存在，是一日三餐的困顿乏倦
忐忑忧惧的躯体
僵硬着实在的生存
打磨清晨的阳光
在昂首挺胸的镜头中
雕刻每一笔人生的盲目

剥　离

身体叙述了一种透明
在湿漉漉的青石板上浅睡
不着心迹的相遇
淡漠雾霭庇护的呼吸
鲜翠欲滴
刷洗银杏的鲜黄
是铺满水面的愁思
怅惘在将至的季节等待冷

勾兑时间
惶惑视线
没有一道风景在雨幕中凸显
飞驰的广告牌
在视觉的游离中承载美
渐行渐远
斑驳了桌角的夜

思维的痕迹

思维豁开云层想寻找一种醒悟
在每个人生的际遇中
习惯用心境来辨识色彩
疏忽细节，误解一劳永逸的答案
可惜，一群人的欢呼
捧开的不过是他人窥得的光芒
大做文章的真相，硌痛现实的默想
打破禁忌的瞬间顿悟丧失的美好
赤裸并非是最真实的渴望

牧羊人的马鞭在城市的喧嚣中再也没有声响
浮躁的名利场再也舞不出名望
在废墟上贪恋财富
迷失的羔羊企图寻找阳光
唱诗班的颂歌已无最初的嘹亮
人，醉心于荒原上的流浪
不在乎是否有一颗勇敢的心担当
罪罚和救赎同样迷茫
巨型的瘫痪是因为眷恋着温床
迷醉在荒诞筑起的院墙

殊途同归竟然是一种梦想

在逐鹿的战场遗忘曾栖息的能量
谦卑与狂妄在云层中厮杀
企图血战出一条通途

深刻和浅薄彼此嘲弄
混淆生存的时空
鲜血染红云层
化成一场深含悲悯的大雨
冲刷大地上无奈的诱导
告诉后辈：光亮就在前方

一个拐角的期许

在每一个拐角，脚步的惆怅与期许
苏醒着憾意，切割环伺的美丽
午后暖阳中的花园静谧着相互依偎的睡意
雁过留声，在湛蓝里抒写仰望的本意

我或许不是某个角落里躲藏的一粒
执拗的偏狂如风般将我吹起
宁愿相信，太阳的背后是灰烬

而此刻，我在阳光的温暖中期许
渴望凝住时光的契机
若真能将生命等待成一树花开
暗夜里也招摇着香气
那因孤独而肆虐的惊惧
因春浓而寂寥的叹息
会不会因着阳光的散开而藏匿

太阳每天都照常升起
冻着鼻子的呼吸迈着脚步走向风里
祈祷每一个拐角，都藏着最真实的期许

生命款款而行

在表象的昼夜之上，命运款款而行
音乐和诗歌，以及自诩为艺术的形式
引诱着一群冒险家的癫狂

在真理的国度，人性
被盛装游行
把鲜活留给了喋喋絮语
争先恐后，却词不达意

公正与不公正，都是闹剧
人与人的差异，好似天气在空气中聚集
承认表象，却看不透结局
幻象，被放大成一脉山体
参差错落，你的，我的，我们整体
兼怀流动的音符在今晚的山中吟唱
扰乱命运似有却无的秘密
只有批判纠正着偏离

浪费过的时光

那么多珍贵的年岁都已经过去
曾经刻骨铭心的也都忘记
在岁月孱弱的小溪里
多少艰险化为了平夷

那些浪费过的时光
我们曾真心相爱
不用期盼夜夜耳畔的呼吸
紊乱东升西落的情意

也曾撑破静夜的空间
等待一个惊喜
当爱的执着
越过窗棂的明朗
在月光下舞蹈成纠缠
狰狞地纵肆大笑在梦魇
才恍悟原来我们都浪费过
那些不该浪费的时光

思　考

我需要一种坚强的思考
像冬日里衰老的枝干聚集的严寒
渗透石头
我需要一种思考
弥散在聒噪的人间

尘埃落定并非堕落和死亡
颇怀憾意又拒绝悲伤
没有一种理智能扼杀情感
灵魂无法拯救肉体
没有一张面孔能裹藏忧惧

我需要一种明晰的思考
像登高后四目触及的天地，至清至浊而为一
望远，像望见终极
我需要一种思考
虚怀以待，让脚步走到下一个路口

最完美的神圣沉湎在幻境
没有一种理论能说服际遇
勇敢或许是另一种畏惧
但愿，每一个胸膛都活着梦

门

每一天，我从这扇门里走出又进来
无非是为了睡一觉，然后，再走出又进来
我，只是一个需要休息的身体

思想，寻找着不同的时间和空间
在城市的不同角落，上演伦理与人生
复古、新潮，觥筹交错在时代的倒影中
用欲望支撑身体的斗志昂扬

而此刻，我正躺在霓虹灯下
孤独地窥视有关这个城市的秘密
用一场全力以赴的梦
铺就一夜宁静的呼吸

青 灯 泪

滴答，佛前灯塔上的一滴清泪
顺着岁月的桌脚爬下无限黑夜
在幽绵不绝的诵经声中
惶惑地等待命运的审判

身体很快被风干成炉上炙烤的脂痕
匍匐在众生孤苦的烟尘里
疼痛了无数转经人的身姿

有关温度和水纹的信仰
在火窑里锻造了一段煎熬的时光
超度，是众生怜悯人间的真情

攀爬的触角嗅到了欢愉的气息
封锁已久的门窗次第打开
在日夜跪拜的蒲团下
坚守爱的诚挚
为清泪画出自由的坟冢

命　　数

下雨天，乡间泥泞的小路
我是一只打湿了羽翼的燕子
在你的屋檐下歇脚
我畏惧地看见土墙里
你透过门缝张望的黑色眼睛
转头等待屋檐外瓢泼大雨的过去

你跑来，将羽毛上的雨水擦干
把我装进了用麦秸秆编织的小笼……

一间黑房子

一间黑房子，空置在熙攘的街边
每次路过，我都好奇地朝里望望
黑乎乎的墙壁、斑驳的房顶，裸露着断开的电线
有时候，黑房子的门虚掩
有时候，黑房子的门紧闭
我想，或许它曾是某人眷恋的爱巢
又或许是热闹人群喜爱聚集的小吃铺
此刻，在它的身边
鲜花店和杂货铺的浓香
正粉饰着人间繁华
而这间黑房子，却要守着过往
用再也不能醒来的夜，粉饰以后的时光

在记忆的风波里流浪

我们，或者只是我
在共同又彼此的记忆里
只独享一半
流浪，在半倒塌的土墙根下
毫无目的地周旋

我们，还是只是我
在曾相契而今阻隔的记忆里
流浪，像一只独翅的天鹅
啸声凄厉，湖水平静
在我们，还是只是在我的记忆里
流浪，似一首绝世的古曲
遗落在历史的风尘

到底是我们，还是仅仅是我
在弥新的生长中挣脱记忆的壳
流浪，像一枝开败的花朵
在凋落的季节里没有学会凋落
孤芳静忍风霜，风干一季忧伤
流浪，似一脉细语涓流
遗忘在无心者的耳后
一世风顺的行舟

雨

终于，挣脱云的牢笼
在天地间放声哭泣
不知你是否懂得
这是一场期待太久的相遇
无论前生曾如何苦闷忧惧

欢欣的禾苗高喊着口渴，口渴
伸展枝蔓迎接乍悲又喜的际遇
萎靡的高楼尖叫着闷热，闷热
汗流浃背冲刷着过往的污泥

奔赴大地的是全然不同的你
释怀自己，将甘露赐予他人
未尝不是一种——态度

雪 · 时间 · 空间

雪，流放了时间
一双眼睛把一颗跳动的心脏
引到了无穷尽的空间
肆意飞舞，无限蔓延

雪，凝固了空间
一袭外衣素裹了温暖的身体
将冰冷和理性还给世界
沉积筛选，如履薄冰

生死，哀惧都在一瞬间被搁置
凝望雪花的欢舞
将回荡在山谷里的呼唤
传递给勾画灵魂的神仙

夜 迷 离

伪装的别致，在清雅的小院
等待一次消费
城市里奔跑的迷醉，灼伤了土地
疼痛，在缤纷斑斓里吟唱
关于未来，关于生计
与白天隔离一季花期
恍然了梦的心悸

摇曳在花海抑或灯海的浮醉
把欣喜遗弃在花开的时期
待你有意无意说起

花天酒地，霓虹迷离
有没有一刻温馨在胸口掬起
不枉仰望尘世无星的空寂
有你坚守的无期

绿草坪的树林

触摸着太阳的空气
在翠绿色的清晨
无限扩大心肺的欣喜
想要奔跑又循规蹈矩
用脚步丈量清晰的呼吸

温润的晴好纷洒蜂蝶的欢喜
浅红涌动，热闹了绿草坪的甜蜜
馨香翻滚叶尖萦绕的水滴
追逐流淌的光芒
装扮了草地上无忧无虑的嬉戏

岸 的 快 乐

能不能踩进同一条河
是河水流过了时间，还是时间改变了河
鹅卵石铺就的记忆
在阳光下漾着涟漪
打湿脚踝和裤脚
把年纪一步步抛掷到河心
离岸的快乐有了一段隔水而望的距离

无　　题

把濒危的灵魂葬进柴米油盐
是否还有歌声想把它唤醒
艳俗的视域里盛行另一种吟唱
暗夜窗棂上的嘶叫
将心痛割舍给预言

停止追寻年少时的梦
无非，是换一种心态
鼓足力气继续奔跑
无论是囚禁牢笼还是埋葬深渊
都是无复分别的存在

空洞的相遇

在风的方向里躲避，欲静不止
摆动秋日的相遇
你说树的等待不过是风的无痕
滑落在河底的青苔
脚畔的鹅卵石陪着流水在哭泣
原来，是想把山峦忘记

午　后

萧瑟的城市午后
徜徉在嘈杂又宁静的路口
不知道下一秒钟哪一个梦境
会在沉睡的太阳下出现

没有理由的相往
隔视了应有的明目
若只是一人徜徉在午后
伸手撕碎了太阳在空气中青涩的浮光

没有理由
用浮躁凝视寂静的嘈杂
等待街口红绿灯的变幻
若你还没有跑过街边
攥紧命运的线

秋天，是一场无法告别的悲伤

我终究没有走出年纪
在季节的更迭中静等死亡的审判

秋天，从来都是一场充满玄幻的悲伤
静止了时间的一瞬
在天地间远离尘嚣
聆听岩石和流水的问答
那是云的心事

如徘徊放飞的风筝
忽地，牵绊在了山顶的大树
至今也没有一只手去够

季节就这样褪换了它的颜色
风蚀、溃烂，等待秋雨的侵袭
变成一串滑向山底的泪滴
逗笑了魔法般的太阳

冬　天

冬天，站在屋顶
向太阳挥舞彩色的手帕
枯涩的树枝在坚守根的爱情
所有的恍然大悟被风席卷而空
倦怠在桌面上磕痛，消散了午后的浓睡不醒
没有一首歌能拨开迷雾

云朵挤压着身体
冬日却情意婆娑
忽冷忽热，自行摸索
想远走，又难割舍
没有一朵花能逃避凋落

忐忑在萧瑟的午后
在这个冬天让爱咎由自得

在十二月的松芒上哭泣

生命动荡的轻浮
陷入混乱焦灼的沉思
在松芒上滴落的
终究是虚空的念想
还是无法遏止的心跳
错误，在忏悔之后
仍要被蒙蔽
所有的善良都不能毁灭罪恶
恨无力
爱无力
在十二月的松芒上哭泣

五月，石榴红

每一朵花都是一颗心脏
在五月的石榴树上跳动着
宣告：
啊，这就是疯狂的石榴树
苞满的红绽放在葱翠的林间
在刚下过夜雨的清晨
湿漉漉的石板，滴答着珠露的竹林
一如遗留着枕湿的斑痕

一阵风过
清冷异常
不远处楼阁上还在沉睡的人们
此刻谁知
梦中神谕的美和惊艳
就陈迹在浮华的城市里

该是要用一夜无眠
才能挥毫出这一幅鲜翠的画卷
泼墨心头摊开已久的白纸
用晨起清冷的风笔
颠覆素日焚香静思的寡淡
用红的、绿的颜色

大胆镌刻生死爱欲的招摇

是的，这是疯狂的石榴树
游走在有着拱顶的木质走廊
一声一声默念廊下菖蒲水畔的石雕
抬眼，一朵窸窣作响的花开
正在廊椽上霞光初笼地醒来……

雨　　后

雨后的屋顶
湿漉漉地在春的初寒中
隔着玻璃延展
人群消散得好似瞬间的迷幻
在架空的阁楼中
静默一世恩怨

长久独坐已成为一种惯性
把时间从计算中抽离

层峦叠嶂的不再是山峰
林立的屋顶等待回音的呐喊
被割裂如四散的鸟兽
没有一朵盛开
是呈送给春的眼睛

旅　行

孤独封锁的湖面缠绕着深山
用色彩记载时光荏苒
绕水而行
盛开了一程惊艳
在每一朵花期的寂寞里
穿梭无暇回顾的眼

疾驰，等待的是一程归途
还是离别

为你构筑的栅栏
约束着春天
在梦境中敞开的清晨和黄昏
辗转了遥远
掩盖一场真实的思念

活在珍贵的人间

理想，在星空璀璨
活着的人，向往纯美的善
在理念的世界里，完美是理所应当的普遍
生活，却被抛掷在不完美的人间

罪恶牵附无辜的残缺
无法避免执守的信念
分有和模仿涌现着差别
完满或许才是彻底的改变

问你，是否还扛得住
生命珍贵
学着活在珍贵的人间

青春里的诗人

在诗的旮旯里
掩埋着诗人
干瘪在阳光下
氤氲的青春

似一铺凌乱的渔线
停靠在潮湿的海岸线
恋上了深海的鱼
太阳的芒刺穿喉咙

把头颅带走
把孤傲带走

在诗的青春里
诗人只有一把磨钝的钢刀
每一首尝试都是撕裂
每一声呐喊都是疼痛
在诗的坟墓里
诗人是唯一的死者
在青春的旮旯里
诗歌是唯一的陪葬

我想好好活

有时候，我会突然害怕
规矩限制着渴望
在自我中彷徨

如果可以欢唱
像所有清脆的喉咙一样
暗夜里盛开的花也同样散发着芳香
如果你看到月光下的舞蹈
不要惊讶和嘲笑
自始而终，我们都在向往

躲藏在浓密树林里的哭泣
被肆意凋落的松果砸伤
树荫庇护着仰望的脸庞

任何一次尝试
都苟活了枝蔓的交错

或许我会成为最耀眼的那枝
无法改变足下的土地
就让土地来滋养

望着时间的脸

阳光无法穿透
清风无法吹走
敲打在胸膛里的
是一尊无法抹去的脸

我不是过客
也不是归人
浮游在梦幻的汪洋中
等待塑造一张凝固的脸

死亡无法穿透
爱情无法逝走
割舍在幸福中的
是一张公正的脸

在思想的沉睡中，渴望
追逐一张没有哭泣的脸

大地上的事情

大地上的事情，顺其自然
像河流冲刷着阻碍
一切都是过往
目标是海洋

大地上的事情，混沌污秽
像河流携带着泥浆
所遇不过是注定
结果是永寂

大地上的事情，虚幻真实
像河流平静的暗涌
看来不过是表里
思忖是苦卓

真　实

攀附悬崖，在余晖中等待
自我化散成潮红中的一朵
通透肺腑的尘埃
在半空中屏住呼吸
如果可以这样就死去
用鲜血在浮沉中抹开模糊的视线
看透不断袭来的黑夜
我是如此倔强
宁愿走一条需要手脚并用的路
狼狈不堪、身心俱疲
只愿
逼迫到绝境后又能绝境处逢生

落 土 为 安

丧葬的人，有邻里有亲戚
抬着棺木，厚重方正
棺木里躺着一个最熟悉的人

哀乐喧闹到取宠
在流动的白色人群中
夸大一种感情

悲伤还是无奈
在齐心协力的号子中
男人把棺木
抬上凝重的山坡
在他是主角的日子里
享用落土为安的幸福

午夜咖啡

简单虚设的浪漫
敷衍着情调
迷醉在午夜的咖啡馆
讲述一种积极的乐观
咖啡馆里坐着一位老人

桌上的花朵睁大眼睛
冒充了老人的儿女
将爱的隐痛隔离在身体里
幸福和遗憾都无从说起
稚嫩和沧桑都无从说起

流淌的欣喜的情谊
一如缭绕耳畔的浓烟
还有一朵水莲
占据了午夜，忽明忽暗的空间

看透一张白纸

在我的桌上，放着一张白纸
我拿起来，隔着灯光
看见一些深的浅的纹理
好似珍贵的水墨画
光晕，在泼墨的痕壑中铺展
好似透着阳光的卷层云
一会儿，变成灵巧的驯鹿
一会儿，变成劳作的街民
海市蜃楼般在浅白色的纸纹中舒展
你听，有精致的石桥下潺潺的水流
有江南秋雨中缠绵的吆喝
我轻唤你前来，在纸上铺写你听到的颜色
你咿呀着，拿起水彩
轻易地就涂上了一圈红色……

旅　　程

穿过屋脊走廊，遭遇一间房子
幽暗和明朗对比在皑皑白雪之间
没有理由将一场秋雨描述成冬雪的样子
因为温暖此刻正对比着窗外的肃杀
仿佛雨滴冻住了余兴未艾的旅程
多少个寂寞的心在这里驻足张望
多少个旅人热衷于眼前的山水却屡屡不得
眷着房间的暖将梦想一并托付给雨
任其自由驰骋在山间将小流汇成大河
慰藉窗后的眼睛闪烁的旅程
用假装虚构的平静对抗着房间里透进的冷
言语刻画的山水幽明
山也竟非山，水也不见了水
真实在陌生的梦里，浓雾般膨胀了一种赤诚
等待焦躁了身体的行走
变成简单的，吃饭和睡觉
欲望冲破念想进入风的嘶吼
夜的灯光细数屋顶断裂的节奏
将身体抛向下一波的英勇
时刻准备着危险时刻的逃离
然而，自始至终，什么也没有发生

围　困

置身时空倏忽穿梭的繁华
默念，世间的因果
悲喜叠加，惶惑身体的预料
在重复的日子中
懵懂，每一分每一秒
都在阻隔，张口
无声，却想要歌颂
如奥德赛歌颂功德
伊斯兰朝拜麦加
西西弗斯的石山上
巨石依然滚落
无力摆脱，围困的结果

山雨欲来

在山坳里寻找，一棵野山桃
摘下，悬空中一颗一颗许诺的果实
把纹路放在河心，一一清洗
山雨欲来，夏日山谷的河风激荡着雨点
嬉耍了乘凉人的尖叫

身体，抛开作为一个男人或者女人
晾晒在香蒲环绕的大石上
撞击一个又一个有关风花雪月的梦
跑满了沙子的鞋，被雨水打落在河畔
将费力搬弄的石头冲开，重新寻找下一个方向
无论建筑的是城堡抑或池塘，裹着晾晒在芦苇上的床单
在翻滚的石头上，做了一场心碎的梦
每一个撑开在凉风中的自我
都是遗失戈壁的玛瑙
需要一一捡拾，然后，又重新被囚禁

完美的忧伤

车水马龙的街上，煎饼果子的叫卖声热气腾腾
黑色的铁鏊，一块金黄色的面饼摊开，合上
我裹着辘辘饥肠，却奔向另一个方向
永不停歇、变幻的红绿灯是对城市的唯一记忆
因为，我们总是在路上

浮尘中的星光，隐匿闪耀的力量
睁大眼睛寻找的，无非是一种怅然若失的忧伤
有鹰飞过高楼的丛林，没有留下划痕
玻璃窗上迅速移动的影，祭奠着原始的哀伤
你可看到了灯光，狭窄的街巷里脚步可曾彷徨

车水马龙，倾倒的落寞消磨了多少时光
凝视红绿灯的眼睛可曾警惕迷茫
没有抬眼，看见了眸里汪洋
浮世背后是肆虐的坟场
干涸的沙漠掩埋不了一滴眼泪的悲伤
在肌肤上开垦一块麦田或牧场
让希望驰骋肉体，横撞
盛装的孤独和凄凉
凯旋一场完美的忧伤

痕　迹

在这样美好的季节
灵魂携着思维动荡
挥舞手臂激扬的青春
厮杀在理想与现实的国度
或许盲目，或许悲情

夏初的林叶已苍翠
花朵在落红中哭诉
林中的嘶鸣盘旋着栖息的快意
故事乘帆远航漂流在天际

没有一朵云能明白
树荫里躲藏着斑驳的记忆

寻　梦

撑起一杆星辉，漫溯
冬装素裹，怅望下一个转弯处
又一程相伴的孤独

信念曾如光辉般闪耀
粼粼的波光
颤动清澈的临风
摇落心碎的影

若在下一个站口
凝望你的面孔
所有路程上收集的星辉
将在那个瞬间凝聚
凝聚出完满的结局

迷　途

人流，在透明的尘埃中
激起一段舞动的节奏
虚晃生活的实质
吹捧纸醉金迷的自由

雕塑依附的静默中
匆忙脱离的迷途
如少女的纯情

聆听一场伪装的叙述
在灯火通明的街口哭泣
是懵懂，还是赧羞

一无所有是彻底的归宿
舔舐忽而明朗忽而晦暗的心境
结束一场疲惫的旅程

不见了红叶

不见了红叶，在山底的招摇
山脊上，迎风的张望
延伸着梦的迁情
在停靠的石阶上，依依回肠
看不见方向

你说，红叶红遍处就是家乡
浮云掠燕，枝叶间裹藏着梦的馨香
无论脚步多么匆忙

不见了红叶，暗夜里忽地慌张
睡梦中，斑斓的昭示
迷信着生的过往
在未知的命运中，拨开迷雾
也看不见光亮

你说，红叶红遍是相聚的时光
繁花落尽，被山的旮旯遗忘
只有鹅卵石在河床上硌着岁月的忧伤
从未温暖过爱的新巢

花开的心意

迎春花娇艳的新蕊
更替了冬的枯黄死寂
秦岭褶皱里的笔直
用图画指点思乡人
久经弥远的柔意
裸露的桥台，夯实的基桩
呐喊在虚怀的山谷
在风尘的灼热和砂浆的拌和里
温热了花开的心意

聆听，聒噪的冷
每一丝每一弦都是风与夜
纠缠的痕迹
厮打的春雪尖叫着，失散在山谷
一不留神，融在谁羞涩的脖颈间
制造了一个猝不及防的吻

雪

雪，是冬日温暖的凝聚
在宽阔的视野里
交替路人的欣喜

记忆无限延伸
膨胀成巨大的秘密
停滞模糊与清晰的欲望

人与人灵异的相契
蒸发在雪地里
是随处可见的嬉闹疯狂
闭眼平躺
纯粹的太阳唤着春日草场、夏日闲暇
那些生命瞬间温顺的光亮
在雪花的记忆里
从未被遗忘

奔赴苍白
是灵性追溯的结局
冥灵向往的美丽
没有一扇窗户能阻碍光明
雪花吹嘘的寒冷也不过是爱的明证

像婴儿蹒跚着，奔向母亲

被雪花覆盖的大地
燃烧着一团滚烫的火
清润，在树梢上燃烧着花的秘密
让该死亡的，走向死亡
该重生的，孕育着重生……

流淌的岁月在指尖疯狂

流淌的岁月在指尖疯狂
绘画成一幅未经斟酌的草稿
我在其中仔细分辨
哪一笔是属于时间

暮春时节，花园里花影不见
我拨开绿蔓，渴望找到一朵遗留的瞬间
叶下泥土间胶着的花瓣
因干涸失去了鲜妍
一幅死亡的姿态
伫立昔日的花前

一样的花瓣
却因时节变幻了际遇
苍老的容颜
在岁岁花相似的坟前祭奠
用灵魂传递亘古的思念

倔　强

血肉模糊的双手
把种子植在生硬的沥青上
我看见了沿路滴洒的血迹
没有水也没有土壤
或许它会在护栏外的泥土上生长
或许它会在沥青上倔强
捕捉岁月中迎来的每一点希望

诗句的疼痛

诗句，隐忍时间的疼痛
在每一分每一秒的存在中，证明
人工堆砌的安全感，默许了界限
灵魂，被封锁在怯懦中
无法奔赴，另一个身体

只有诗句，隐忍午夜的疼痛
在无法呼吸的绝望中，坚守
与生俱来的勇气，抚慰哭泣
生死，被勾画在前景中
无法逃向，另一种结局

我只有，在诗句中
抚慰疼痛的眼睛
每一个午夜的祷告，都在黎明时分
为身心降临欢喜
让我，无论多么痛苦地入睡
都会在次日清晨无比幸福地睁眼醒来……

善　　良

海浪，一遍一遍冲刷着岩石的伤口
在无望的涨潮中，倔强地等待黎明
借助幻想坚持过的那些最黑暗的时光
惊厥了记忆对苦难的冥想
再也无法提及的过往
支撑着午夜痛哭时还保持的善良

可　　怕

躲在城市的一个角落
夜幕降临的窗口
拍打着玻璃嘶嘶作响
恐吓和狞笑都留下了痕迹

我真担心有一天忘记了关窗户
它溜进来扼住我的脖子
用冰冷的手指
戳破我的心脏
不能呼吸更不能逃离

蜷缩在城市里
期待是最终的逃离
忧虑重重又希冀
战胜你
不再无处躲避

诗的秋旅

在水的寂寞里，黄昏
卷着深山，封锁了时光荏苒
晨光、暮色都辗转着思念
不着心迹的相遇
沿着湿漉漉的青石崖
静默在雾霭的庇护里
起伏着各自的呼吸

在光的流淌间，手指
细说甜蜜，勾兑了身体的游离
日影、月光都酝酿着涟漪
红枫银杏铺陈的秋意
挥毫着色彩的秘密
描画爱的境遇

在诗的孤旅中，等待
盛开一程，无暇回顾的精彩
疾驰、驻足都避不开归途
你和我终究做了最优雅的旅人
在走向苍老的瞬间
想象着无限欢喜
又因着俗世而循规蹈矩

黄　　昏

日子一样重复的黄昏
想象遵循着心情的变幻
河畔，火车道伸向余晖的远方
古老而执着的情感像日子一样
重复着一代又一代的爱恋

日子一样重复的黄昏
年轻、青春激荡的心怀
奢望爱情的圆满
大好的河山，清冽的泉水叮咚依然
芳香的土地，黝黑的汉子
嘈杂着故乡

日子一样重复的黄昏
踱步漫散的四顾茫然
抽穗的麦田、荆棘密布的山坡小径
占据着各自的空间
偏执美好是疼痛的因缘

日子一样重复的黄昏
徜徉杂乱的十字路口
一步斜阳，一步霞光

黄昏笼罩着穿行
街边的脚步徜徉

日子一样重复的黄昏
夜的浮光要驱散太阳
容纳最真实的平淡
我用弱小体悟柔性存在的愁殇

诗是没有的

冰冷的背影离开臂弯
柔软是没有的

赤裸的钢筋穿透水泥
颜色是没有的

呛鼻的灰尘布满窗台
天空是没有的

相思的沉睡中含着眼泪
爱是没有的

寂寞之后学会坚强
浪漫是没有的

种在阳光里的倔强

我是种在阳光里的倔强
把时间摊开在褐色的土壤里
游走在文字间的焦虑，无意翻阅了生长的麦田

虚构，站在白杨树坚守的土路旁
并肩做着理所当然的白日梦
在风吹过的沙沙枝叶间
等待寻访一个一个访客

苍老的树桩，在文明面前沉默不语
掩埋了一些不为人知的凌辱和残忍
暗夜里，人性是值得考量的难题

种在农田里的高尚和卑微
需要虔诚去向大地交换
果实，杂草，荒芜和精耕
进入谷仓和遗失在外的，皆失去了谈话的机会
在突然失语的空间，需要一声呐喊

用消费场里迷醉的蓝水晶
去和黑色的死水交换……

无 心 抒 情

一切幻象的色彩
从来没有今日鲜明
如此艳丽地招摇
在破碎的眼底
醉了忧伤的痕迹

每一次啼哭
或者哀鸣
每一次跳跃
溪流孱弱

甚至粉红的叶子
湛蓝的云朵

那摇摇欲坠的破裂影像
掀起了我内心蓄谋已久的疯狂
然而却又如此善良
而哀伤

那明亮的色彩啊
是谁的眼睛
悠游的在碧空中泛荡

那空灵的信念和色彩
那沉寂在足底的默哀
那灰褐色愚笨的躯干
甚至因抽象而扭曲的泪滴
奔腾在坚硬的石头里
盛开成一场一场茂丽的五彩菊

蒲公英也引吭高歌
奔赴枝叶间觅食的梅花鹿
带着发光的色彩
向神灵倾诉人间的美好
那蜷缩在钢筋水泥里渴望跳跃的思想
那暗夜的窗外
寂静的雨声
还有被操控的月光
那些放飞的白鸽
远航的帆船
那因为激动而沙哑的声音
在天山的雪莲上开出火焰

当静默而辽远的天空
恢复了暗绿色的宁静
当浓重的思念在自我的空间
慢慢平静
你身后依靠的肩膀依然坚强
脚下的土地依然肥沃

你会选择什么样的人生

浪漫一生
或许是可以的
即使有人站在背后
看得见浪漫的凄冷
我还是愿意昂起
用忧伤撑起的高贵的头

现实一生
或许是应该的
即使站在生活的中心
忍受着岁月粗糙的磨砺
我还是看见你泛起
实心的微笑

快乐一生
或许是可能的
即使在你绝望迷茫的时候
也有一个温暖的怀抱
附上疼昵的轻吻
让你破涕而笑

痛苦一生

或许是真实的
即使在你无限闪耀的光环背后
即使笑意灿烂了夜空
总有怅然若失的一回眸
上帝眷顾的手
遗忘了一个圆满的答案

心 的 转 弯

是二胡的弦，在深巷
划出清寂的苍凉
滑在心上，是一道弯
不知道它将飞驰的方向

清晨，金黄色的露珠
还未沾湿笑脸
渴望描述的眼睛已触摸了虚空

清风中荡漾的悲伤
枯竭了苍劲的文字

抚摸着它
任凭一声悠扬
划过死亡
依然寻找着方向

一粒沙与一个生命

一粒沙与一个生命
是完全不同的范畴
可我偏偏将其系在一起
就像刻在树心的记忆
随着年龄的增长
逐渐变大
逐渐模糊
然而，一粒沙与一个生命
就在变大的模糊中
一个被磨砺
一个被记忆

无 关 痛 痒

怎么能无关痛痒
只要还生活在世上
虽然痛地痒地活着……
被驱赶着奔跑的是奴隶
自己奋力前行的是勇士
曾几何时
自诩追赶太阳的人
现在只能坐在太阳下发笑
笑自己无力改变的懦弱
笑自己而今的萎缩
生活就是如此无味
无味到百般无奈的开始和结束
都曾经是不啻的轻浮
打翻在今日的太阳里
播撒一地空洞的叹息
萎靡、萎靡不振的恐惧
如此无味
无味到希冀都成幻影
无味到梦都没有声音

时间，终究没有放过

时间，终究没有放过
荒野中的野藤花，脱下季节的外衣
望而却步在荆棘丛
寻觅少时，不顾划伤的欢笑

惶惑点亮的斑斓
闪烁着霓虹的街角，污秽在脚下延伸
蜗居在文明的深林，被瞻望成星辰
心中迷失的那一刻，在询问
飞上云端的表演，要在哪里结局

身体丈量的高度在大地上继续生长
挥霍地平线上卷土重来的饥渴
人间还在，时间还在
摇摆的衣裙裹着最深惧的忧虑
在思考，继续流浪还是回归故乡

02

诗人的柴米油盐

罗敷河畔

有时候，我们用尽了全力、拼尽了一生
也没能换回那个期待中的拥抱
或许，是因为我们错过了
或许，是因为能拥抱的人已经远去
回首所有走过的路
无论如何，都成了过去
想要那个拥抱的渴望
已经没有了当年的力量……
我们是否会嘲笑自己
是否会觉得惋惜
只是，一切都已经过去……

偶遇开满花的山坡

偶遇一片开满花的山坡
路边扬尘阻隔了阳光和空气
沉默阻隔着你和我
凝视过久，忘记了呼吸
在开满花的山坡上
审视生存的意义

惊呼绽放的自在摇曳
可以被围困在阴霾中淤积胜日
若我是这霾中的一朵
该如何将花香释放于无人的山坡

半 生 缘

初秋，街头渴望着一场旅行
做一回某人的过客、旅人
让空间迁移内心的忧闷
对话旷野中一朵低云
聆听妇人隐隐约约的哭泣
在疾驰的苍翠间寻找一个身影
用悲悯和爱的结殇抚平无奈
纠结历史碾压的洪流
磨碎锯齿，歌颂的人间聚散

一池萍碎

公元2010年夏，倦身夜行秦岭，岭北灞河水涨，偶遇一池荷花，暮色初降，浮漫于赤白成片的浩浩河水之畔，摇摇欲没，一池浮萍碎于天地浑水间。

长水契阔，你奔波的是谁的生活
赤白炫耀，浮漫着暮色间离乡的倦眼
我凝眸的竟是这样一瞥间的心碎
恰是离后憔悴，不堪近邻的愁哀
愿好景常在，只是世事多来违愿
不怕春过，只怕青梅杏小，总不能入眼
这是一个多雨的夏，水长雨重
阴霾不散，人怨天闲，辜负一年光阴

枫叶的故事

一片枫叶匍匐在青石板上
静听秋的故事
雨是故事的前奏，滴滴答答
把火样的焰红裹进秋色
风是故事的结尾，支支吾吾
把雨滴一样的眼泪溅满肢体
而枫叶，成了故事的高潮
在湿冷的青石板上用黏湿书写着抗拒
在低笑的树枝间用时间凝望着距离
一片红色的梦盛开在秋日的大雨中
被世事遗弃……

一 碗 面

慢慢地，我习惯了在一家小饭馆喝酒
一杯接着一杯，当透明的瓶子再也倒不出液体
下意识就会警告我该结账，离开
舌尖上的苦涩与麻木都留在了狼藉的桌面上
我知道，不能回顾，要走得决绝
饭馆里只卖手工面和凉菜
老板娘的乳房在案板上有节奏地跳舞
囫囵摊开揉着团的面
一直沸腾的锅里，面汤似乎永不更换
一碗接着一碗，出卖着乳房的热情
我鄙视热情，却又对它无限依恋

清　晨

有一天，清晨醒来
我发现，自己丧失了说话的能力
面对雪白的墙壁
我失语哑言
不懂得如何再开口
向窗外的世界说一声
你好……

静

湖水装着日子的缄默
匆忙飞梭教养
在夜的思虑中
包容一场酩酊大醉

倒影在湖中的是忧伤的静谧
无论行人还是游客
幽咽着人间烟火

我在隔靴搔痒地唱歌

脖颈深埋新绿
面色苍白地睡去

我没有在最前线
没有用手搬起坍塌的石头
没有听到废墟中呼救的声音

我站在几千公里之外
张望着每一位获救人的欣喜
为每一个死去的人落泪
在生与死亡的战斗里
请保持你微弱的呼吸

在清冽的泉水中洗脚

我想在清冽的泉水中洗脚
不知道水有多深，可是我想接近
像阳光接近花瓣，空气接近呼吸

我不会游泳
山里的空气也太冷
我伸出脚摸索水底漩涡的暗涌
微弱的水流在脚心荡着波纹
在水底无限延伸
一寸一寸失去了温润

我想在清冽的泉水中洗脚
淙淙的水流在脚趾溅起水花
亲近闪耀的光辉
在水面荡起无数涟漪
嗔责一波一波未尽的调皮

我想在清冽的泉水中洗脚
浑圆的鹅卵石在脚底垫着光晕
河底有太阳的零碎
一粒一粒闪耀着梦想的光辉

三　月　天

三月，窗外的花枝上
春天正笑得灿烂
像嬉闹的姑娘
嗤笑我伏案写下的晦涩

我并不羞涩
并不在你娇艳的花团前
自惭形秽
因为你还未在娉婷的三月
看见娇红飞落
没有在单调枯萎的枝头
熬过漫长黑暗
没有在风骤雨急的晨夜
感受寒意料峭

我赞美你，可爱的三月
你拥有绝对的完美
惹人激动的情愫
但我绝不迷恋
因为我懂得零落的悲伤

我赞美你，明媚的三月

我会在合适的时候走出窗外
在阳光下拥抱你
甚至，会把我苍老的嘴唇
吻向你光洁的额头
只是我明白
拥抱和亲吻之后
我还会回到我孤寂的窗里
在无限静谧的夜里
任你盛开又凋零

忧郁的黄昏

在黄昏的树梢上
寻找一朵花
余晖散去
太阳迅速离去
一半温热一半清凉的空气
在落寞中掩面而泣
黑暗企图覆盖一切美丽

太阳在最后的弥留中
寻找一朵花
拨开晚霞拦挡的手臂
像孩子一样惧怕夜的沉默

黑夜也在寻找一朵花
黄昏落幕
黑夜装扮着面具
戴在太阳睡去的梦魇里
把一朵花的真实和假象都统统抹去

夏天在消逝

夏天在消逝
盛装已久的晚霞，上演最绚烂的潮红
而眼睛却躲在寂寞的后面

遗落的芳香，沿着金黄色的麦芒生长
淤积在低语的午后，驱散燥热
裸露无辜的湛蓝，而此刻
爱情正封锁在湿热的房间

又一个混沌的白天的过去
夜的凉意微起
信任如凉风中还滚烫的石头
手心与太阳的步步远离
并非遥不可及

金色的向日葵

仲夏黎明，在父亲劳作的地头
有一片金色的向日葵
耷拉着脑袋，思念太阳
我在草丛青翠的露珠里寻找折射的金黄
天色灰蒙，空气微凉
禾苗上，露珠顺着枝干渗入根部的土壤
父亲的汗水浸湿衣衫，粘在黝黑的脊背

仲夏清晨，在父亲劳作的地头
有一片金色的向日葵
昂扬着脑袋，追逐太阳
我在光与影的谋略中嬉戏蚰蜒
草色繁茂，泥土清香
光影间，枯枝追逐蚂蚁们智勇的逃亡
父亲的汗水滴落泥土，绽开褐色的花盘

仲夏正午，在父亲劳作的地头
有一片金色的向日葵
遮掩着花瓣，逃避太阳
我在干裂的土地上焦灼筹思
燥热晕染，汗水咸涩
烈日下，夸大的红晕赤白了太阳

变成瓢泼的雨
浑湿父亲的头发
一滴一滴晶莹在发梢
汇成小河，欢淌着
等待父亲说一声：“走，回家”

一棵受伤的树

谁的泪滴在路边一棵松树上
黏黏绵绵，粘住了过往
一滴一滴，流浪在心事里
在松树的躯体上刻画忧伤

我的不小心路过
跌落在黏湿的泪滴里
目睹疼痛的悲伤

握紧受伤的躯体
用泥土封锁
用亲吻抚慰
将一棵树的美丽
遣回无忧无虑的生长

日 日 夜 夜

当时间，走到每日交替的时刻
我在漫长的黑夜里回味
白天里还没来得及回味的深刻
看着时间在指尖变成 00：00
我要在新的一天到来之后再进入梦乡

这是一个寂静的时刻
命运的包裹，此刻正裹藏着哪一种颜色
疲惫侵袭，双眼却不愿混沌地走过
好奇时间交替时空的期许
日日夜夜，是否有惊喜驱散
告别 00：00 时的寂寞

中　　秋

节日，在昨晚的无眠中消耗殆尽
伸着懒腰，打着哈欠
时间一分一秒过去

对于节日，总是太多奢望
就会容易感伤

挑逗唯美的遐想
制造唯美的忧伤

繁　华

环佩啷当的街头
牛仔裤、花背心

污水流过街面
浸湿风卷起的封面女郎
在乱纸堆里妖娆

三元、十元、二十元
扩音器的激情撕裂了美感

架构在空间的几何图案
用数据表达了坚固
灯下浮尘蒙蔽的混凝土路面
在菜叶、果皮、臭水中
延展着今夜繁华无限

枯树的遐想

天空，用一季的枯萎寻找春的吟唱
伤口已经抚平了死亡
盘旋在嬉闹的飞舞中
攀登玄想的成长

呼吸点亮的节奏
无非是要碰触狂热
用怒放冲刷平庸的冥想
编织一场浮萍的舞蹈

贫瘠轻叩思念的荒原
翻看记忆的凭据
为你书写的只是这一笔
放置在眼前的疯狂
是一场失却的哀伤

我远离了音乐，远离了诗

我已经远离了音乐，远离了诗
当跳动的音符响起
我会忽然难过

当大雪再次飘起
我没有坐在等待的岸堤
寻找温暖的倾诉

我已经远离了音乐，远离了诗
忘记了西桥小月的恋人
温热的河水从雪白的帆布球鞋中流过

我已经远离了音乐，远离了诗
那颗被我挑选的石头
已经丢弃在有故事的夏日午后

我已经远离了音乐，远离了诗
没有音符和诗句在哭泣或者欢笑
我已经远离了音乐，远离了诗……

笼　中　鸟

春雨带着些许凉意
在长着青苔的石板上溅出水花
屋檐下的小鸟在淅淅沥沥的雨中
听出了春的声音
不时抬眼看看屋檐外还压着乌云的天空

若近两日放晴
街头小巷的石板间定然会开满野花
不远处的河中也会鸭鹅成群
它们摇晃着肥硕的身体
在葱绿的草丛间穿梭
搭在河边的石板，定然响起有节奏的捣衣声
说说笑笑或者沉默劳作的女子
在柳下倒影婉婀的容姿
小鸟也定会在柳枝划过的水面嬉戏
荡开春水的涟漪

只是此刻，逼近的春意
在愈落愈大的雨滴中
湿透屋檐的青瓦
小巷没有一个来人
只有鸟鸣声伴着雨声在笼中胡乱拍打

等 待 结 局

海浪击打岩石，是爱的方式
温热的海水漫过岸堤，沉浸在灿烂的开始
沙滩一粒粒销蚀滚烫，憧憬一幕幕溃退的现实

遗忘了结局，所有笑的脸上都镌写着青春
鲜嫩的小脚在沙砾上演画明朗
饱经风霜掩埋衰老，凤凰涅槃的光环重塑清纯
爱恨的旗帜，徜徉在生死的悬崖上
等待一场风暴连同尸体，横扫温暖的水面

三十岁的女人

三十岁，在镜子里寻找一丝皱纹
如同，寻找心底的一道划痕
一池没有涟漪的水，盛开着荷花
隐没一个采莲女子今生的际遇

内敛的悲伤，抖动嘴角的笑意
褪去青春的外衣，性感的弧线扭曲了
女人的名字，身体被呼之欲出

三十岁，是战场却非舞台
疲惫，消耗着温柔和爱的能力
嬉笑怒骂的琐碎，胶着衣裙
在高朋满座的空间，孤立无援

街口的彷徨，不容错过红绿灯的瞬息变幻
在与时间追赶的日复一日
母亲的名字，被一唤经年……

水 孩 子

如果可以只是水
只是青春
青春里只是挥霍

没有繁杂的意象
只是水的流淌
青春的挥霍

如果只是水
扫烟囱的水孩子
躺在柔软和温暖的水里
没有主人的鞭打
没有烟灰呛黑的喉咙
没有肮脏的嘲笑

如果水孩子不是孤零零一个人
看到小河流淌的美丽
渴望伴随小鱼进入大海的奇迹
水孩子不会遇见巫婆和公主
青春也不会
被欺骗，也被塑造……

寒　冷

天冷了，不再是凉
伸出袖口
触摸的是一种疼痛
哆嗦在空气里
被寒冷扭曲了声音

呼喊的温度挥舞在手心
忘记了优雅的幅度
说爱我吧
爱我就给你温度
在冷的暗夜里
有没有一双冰冷的手
伸向你的小肚

童　话

虚无，在空谷中回荡
回应着我的虚度
在河畔的草坡上躺下
任风吹过额头

如此轻易，就能挥别手臂
没有一处念旧
在童话里，没有颠沛流离

感　谢

感谢命运将我安排在普通的行列
被人群淹没
相濡以沫
还是相忘于江湖
扑灭思维的烈火
只在柴米油盐中
细数着生活

像井底之蛙一样仰望陈规
扼杀跳跃的渴望
在坚硬的头颅和柔弱的身体之间
学做一个怯懦的强者

新年快乐

新年快乐，爆竹散落的火焰
在呛鼻的空间散布祝福

每一声彻响惊动内心番悟
一年时光

辞旧迎新，满是希冀和遗憾
理想跌落困境的年代
仰望的星空里没有巨人

今夜的振臂高呼
却活不过明天的死寂
偷得一缕强光
希冀永寂的夜里照进光明

新年快乐
真心祝福每一位在或者不在的人
意志触摸不到的彼岸
盛开着祝愿

黎　　明

柔红的脸终于冲破阻碍
向沉睡的山峦播撒光芒
像手臂迈过脊背伸向乳房

在这个被渐渐遗忘的城市里
你的目光会不会停在
灰尘蒙蔽的深蓝色玻璃窗
就像太阳把光芒停在
慵懒的沉睡里

黎明前最后一个梦魇
像一根尖利的毒刺
刺穿溅满油污的窗帘
迈过窗台上眼神呆滞的花猫
连惊叫一声的机会都没有
光明随即在我的地盘里占据

痴 人 呓 语

疲惫，眩晕着眼前的黑白
无处安放的绝望
四顾迷茫
长久以来，固执
只是一份心酸的渴望
没有想过要逃开

若是一只提线的木偶
上扬的嘴角可以永不放下来

躲避沉重也逃避热情
在混沌中战斗
飞舞的利剑随时可能血肉模糊

谁能真正获胜
不小心被俘虏
给你讲讲公主和王子的幸福

使尽全力冲向水

只是一个梦
就使出全力冲向水
跌落的瞬间
水漫过干渴的喉咙
浸湿身体储蓄的温暖
这是一个离奇的梦

梦中我使出全力冲向水
从岸边的岩石上跌落
溅起的水浪淹没我
淹没紧攥的皮肤
跌进睡梦中迟迟不醒的失落

在瞬间淹没就像淹没的水
潮潮地侵蚀着向往大海的欣喜
虽然在哒哒的马达声后
我看了浩瀚的海洋
还有海洋上跳动的日出

水面上的奔跑也不再离奇
我尽情拥抱的太阳也那般温顺
只是脚下还在奔跑

虽然水四处涌流
虽然大海浩瀚
我从不曾忘记我开足马力冲向水的时刻
从坚硬的岩石上
呛着呼吸
跌进弥漫的水

情人坡的石榴树

爬上断垣间泥泞的小路
有一棵被逃生的石榴树
在散落的巨石里偷长
是情人坡上唯一存活的石榴树

这健硕青春的见证
开成一片红色的石榴花
在石砾堆砌的坟冢里哭泣
弄散了红妆，花了一地颜色

爬上松散的土垣祭奠
在落红无数里幸存的一株
惆怅烦惹尘埃
月色下招摇的枯枝
瑟瑟地询问
多年以后，容颜是否
强过今夜，绽放的花颜

一 件 事

微凉，星空下的旷野愈见澄明
一群人坐在星空下，等待
默守，夜的静变
从黄昏到深夜，从深夜到黎明
只为一个目的，甘心消耗
孩子的哭声，年轻人的嬉闹声
痴心揣度心的忐忑
触摸哄笑，打发无聊时间

海子——我突然想起你

那是在六月的麦地里
被阳光灼伤的疼痛
干渴的喉咙
在咸涩的汗水间无比沉默
我不敢触摸
那焦灼的肌肤
每一寸都放荡着太阳的狞笑
是你
走在了灼刺的麦芒上
用自己的赤脚
担负了理想的重量

那是恒久的夜空中
被流星划开的惊叫
嘶哑与美妙的距离
不是我们想象的那样
无法逾越
你不知道在你低头的那一瞬间
所有的掌声和鲜花
都朝向你
虽然我知道你没有感觉到
你用尽力量

用自己奋力的吼叫
震醒了所有急惑的迷茫
那是诗意的弥殇
是生与死沉重的较量
是痛苦的灼伤
和所有甜美的心底一样
对于幸福的向往
当你在现实的磨砺中
高贵地起舞
当你用绝望的呼喊
请求熄灭你的爱情
我捧起你柔软的脆弱
在依然无法释怀的悯伤和较量里
变得豁达
因为我不是你
海子，我不是英雄
我吝啬地看守着卑微的生命
用满含泪水的眼睛
望着晨曦感动

海子
你生的痛苦强大
我生的欲望强大

白天在消逝

伴着晚霞最隆重的礼装：白天在消逝
云畔窗边炯亮的眼睛，透着玻璃张望
遗忘在窗台上的薄纱散发着沁人的芬芳
我把手心朝向太阳
那是远方，心有所属又不可触及

在这个白天点点消逝的傍晚，我伫立窗口等待
一场夜的来临，凝望日复一日单调的死亡
这是一场最深刻的表白，用沉默替代所有的喧嚣
在白天逝去的光线里，张望那张明亮的脸庞

一 日 恍 惚

日子阴沉
时钟已至黄昏
忘记了是否吃过午饭
浑浑噩噩中日子飞快
一动也不想动
窝在空白里
让灵魂歇息
没有惊梦萦绕
只是疲惫袭来
睡过一觉可好

生日进行曲

一

你曾说过心是一条大河，不停地奔流
每一个音符都是跳跃的灵动
当欢喜和悲伤交替存在
当泪水和欢笑都被沉默掩埋
远走的爱人，我听得见你博大的心河里
一个一个流动的音律

二

爱独自存在
漫游在无限的空间，变成雨露
润湿你干渴的双唇，变成美梦
潜入你沉睡的梦乡
若你因为思念而憔悴睁开爱的双眼
你看得见我在你指尖徘徊
在你胸口沉睡

三

心怀感恩的人们在新年里把祝福播撒

汹涌的激情掩盖了持久的沉闷
这是集体欢庆的瞬间
这个瞬间，激情怂恿
无法抗拒肉体的人们
只能把肉体膜拜

四

所有的音乐都来自真情
所有的爱情都源自盲目
当你不顾一切奔向我
我在新旧交替的瞬间泪眼婆娑
深情拥你入怀亲吻你逐渐苍老的脸
一种温暖浸湿你我

五

没有力量阻止摔倒
可是我永远有力量重新站立
这就是我存在的意义
站立的瞬间我大声欢呼
毫不掩饰也不造作
生的超脱因而自在
自在的生命获得快乐

仲 夏 一 日

我坐在空调房里等雨
一个夏日的过去
只在虚拟的空间留下了痕迹
攀附岁月的身体上
枯坐着寂静
对抗一场烈日的围困

一 块 石 头

静躺在桌面上
裹着台灯的光蕴
思考，来时的地方
是溪心、河滩、水畔
还是洞岩、峡谷、深凹
而此时，它被摆在桌子上
张望来往的客人
等待被讨价还价

在暗夜的河流上

在暗夜的河流上
时而奔腾时而幽咽的流淌
消磨着清醒的力量

怅然所失的远望
徘徊在岸边的迷惘
暗夜的激流弥漫了感伤
就像这样

包裹了时间和水的流动
留不住乘桴浮于海的豪情
只能是一具死尸
被这样的夜
一点点消噬

诗人的柴米油盐

窗外，月明风清
万家灯火层叠夜的迷雾
阐释着归途
城市的悲欢离合越来越多
流落在乌黑的小巷
游荡的眼睛凝望温暖
身体在夜的赤裸中嘶吼
粉碎一日的焦躁
一节一节败退
在坚守的意念中闭上眼睛
搅着疼痛
聆听一晚的酣眠

麦地的情谊

麦地
别人看见你
觉得你温暖，美丽
我则站在你痛苦质问的中心
被你灼伤
——海子

我曾经和所有信任的人一样
挥动大汗淋漓的镰刀
只是，那时的年纪还没有镰刀陈旧
性格还没有麦芒坚强
我站在金黄的麦地上
还没有麦子更接近太阳

齐刷刷的麦茬
收获的不是饥饿的驱除
是眩晕的焦渴

在青麦地上跑着
雪和太阳的光芒
——海子

地头的树荫
拯救着被灼烧的太阳

在夏日午后的困倦里
深沉爱抚着睡眠
酣畅着记忆
生命可以随时从零开始
麦地，即使灼烧
即使干瘪

诗人，你无力偿还
麦地和光芒的情义
——海子

紧握一把泥土
用十指感触土里的温度
生命生长在不同的范畴
太阳放荡的狞笑
走在灼刺的麦芒上
用赤脚担负了理想的重量

雨在一场大雾之后来临

雨，在一场大雾之后来临
快看，窗外弥漫好似满天飞雪

雨，在一场大雾之后来临
快看，好似你给的梦幻

那一颗松针尖上的水珠
多么像不肯离去的一吻
颤抖在等待的心枢上
害怕阳光

雨，就在一场大雾之后来临
淅淅唰唰　淅淅唰唰
滴灭所有的心事
只关于你

砾　砾

眉头在黄昏的冷色调里凝聚
划开一道心痛
是小小的砾砾
雕筑还是磨砺
躲在枕边平躺的心里
违背了爱的预期

混沌在涅槃的砾砾
硌在黄昏的空气里
刺不开利刃
裹着迟滞的距离
在心头埋藏着猜忌
一根草长
寻找湿软砾砾的泥
一只莺飞
衔断枯枝上春巢的记忆

妈妈，我是一个傻孩子

妈妈，我是一个傻孩子
想在纷乱的屏幕里寻找纯色的天空
我相信美丽的云朵和花的开放
都带着芳香

妈妈，我是一个傻孩子
虽然湿透了衣衫
我还在大雨中等待彩虹
相信理想在渺茫的人生路上
有绝对的光亮

妈妈，我是一个傻孩子
挺健的山峰眷恋着泥土的善良
地层却在摇晃
大雨中忘记了逃跑
灼烧中忘记了疼痛
伤痕累累的废墟上
寻找一双还可以睁开的眼睛

妈妈，我是一个傻孩子
沉溺于书声琅琅
却在热情中目睹了绝望

失声跌倒在塌落的课桌旁

妈妈，我是一个傻孩子
思忖的成长重复了多少遍的幻想
没有认识到死亡
一览无际的阳光和水的流淌

我在祖国的一个角落哀悼你

芳香不能再使他的鼻孔抖动
他安详地睡在阳光下，用手捂着心窝
——兰波《幽谷睡者》

在震彻山谷的鸣笛里
在悠远哀伤的汽笛声中
哀鸣的是灿烂笑容的突然消逝
正在被施救的你
鲜红色的汗水湿透疲惫
我在祖国的一个角落哀悼你

短暂的三分钟
释放坚强背后轰然决堤的无限悲意
在日日勤拭的工作桌前
在夜夜仰望的身边
已经扭曲却还微笑的脸
用爱轻轻触动了你
安息的灵魂
和没来得及看得见的光亮
在一个遥远的地方哀悼你

也许你正是豆蔻华年

新生的力量含苞待放
也许你正担负生命的重担
在生活的重压下坚强挺拔
也许你已垂垂老矣
喜欢在午后静静回想
也许你正怀抱嗷嗷待哺的女儿
也许你正在课堂上深思冥想
也许你正在等待亲者归来
也许……
可是所有的也许就在这一刻暂停
在祖国一个遥远的角落哀悼
我的亲人、孩子和母亲……

春雪夜花

春夜聆听聒噪的灵魂
每一丝扣，每一弦封
制止不住的颤抖
在雪夜失散的风
尖叫着雪花的快乐
不用翻耕
就在脖颈羞涩地消融

光与影的恋爱

如果，你是躲在树荫中的鸟儿
我一定在阳光下等待你探出脑袋
信步走过绿荫的从容
融化内心的忐忑
在光与影的缝隙中歌唱爱情

如果，你是穿梭在光影中的鸟儿
我一定在树荫里寻觅你藏匿的秘密
豁开茂密的灌木丛
把露珠打湿的痕迹框进距离
在晃动的栖息里回忆生的足迹

初冬银杏黄

雾霾中的艳黄
唤醒冬日的晨倦
扑簌簌，诉说着风的领舞
淅沥沥，渲染着梦的因缘
一片一片，浮舞着慵懒的细尘
一滴一滴，凛冽着清冷的潮珠
在湿哒哒的石阶上
等待一声叹息——

如那一夜彻悟
如那一早雪痕

萧瑟中的鲜妍
赞誉纯美的坚守
窸窣窣，执望匆匆的穿行
熙攘攘，顾盼踟蹰的心声
一丝一丝，牵念还归的欣喜
一页一页，翻阅救赎的心绪
在闹哄哄的人群里
等待一次驻足——

如那一日街头

如那一次雪雾

清冷的黄昏
共赴雪夜的惆怅
你不看我，我不看你
像极了并排在冬日里的银杏树
妄怀执念
婆娑了一地眷恋

落叶的心境

静默在土地上的等待
不再仰望天空
美好只属于风

曾珍视的一分一秒
化成无尽的漫长
浪费了可以飞舞的骄傲
是青春焦灼的烦恼

每一次疼痛
都更亲近泥土
每一次枯黄
都更接近归宿

湿润无妨
干燥也无妨

一个喝醉了的晚上

萎缩的疲惫在夜的灯火中穿梭
没有看见拐角藏匿了安详
点着蜡烛的阁楼上低低吟唱
喧嚣中要做一个宁静的歌者
把悲伤全部封锁
当夜晚和黎明来临
都不曾惊动了太阳

惶　恐

怀揣复杂、忧惧和哀伤
走在春日的早晨
不能无视花开娇妍
一遍遍拷问、质疑

明明毫不畏惧
偏偏惶恐迷离

六月的麦田

风吹过六月的麦田
金黄色的麦芒——沙沙沙

刺扎厚重的老茧
镰刀飞舞的节奏
磨刀石上闪过的银光
摇曳丰收的枯黄

等待，混乱碾磨筛捡
在阵雨来临之前，大风
吵闹着喧嚣，将麦场的情绪装满、扬起

木锨一下紧着一下
挥舞着灰黑的胳膊和脸
呛土的眼泪抹在衣襟
收拢石碾下的麦秸

吱吱吱，笨重的身躯
追跑着小孩鸟兽的呼散

我 的 童 年

我的童年，是一株五月的石榴树
花苞缀满枝头，每一粒都随月光播撒在床头
夏夜，月下的萤火旋转着宇宙
爬上土坯堆砌的院墙，石榴树在墙头张望
一条通往未来的路，引我成长

我的童年，是一堵矮矮的院墙
一岁一岁的剥落，渗出细细密密的土末
一层一层的凹洼，长出青青翠翠的野草
跃身翻过的调皮摇撼绿荫
在岁月的催促中，攀附延宕了空间的狭小

我的童年，是一株株蔓长的野草
梦想的枯萎又重生，长在三棵老桐树的院子里
拴着绳索，在支着网的树根上晾晒孤独与文静
我是用树枝拨开蝉洞、寻找幸福的女子
在斑点成像的树荫里，等待微风拂面
静默地睡过一整个夏天

夏日的向日葵

夏日的向日葵耷拉着金黄色的花瓣
在干渴的土地上张望太阳
晨曦和落日都是过往
夏日的向日葵在花盘里细数着希望

在四月的麦田上

在四月的麦田上
青穗摇曳流萤
野草被封锁在字里行间

一个等待丰收
一个等待死亡

七　　月

七月，打好行装
走过林荫的清晨
在校园的路口绽放
缕缕衣裙

张望，带着迷茫
期许敛静的天台上
一朵雪花似的理想

指尖的青葱在白洋淀的诙谐中
骄傲地上演
自己的想念

询　　问

奔赴死亡的微笑渴望在指尖比画幸福
一粒种子蜷缩在酣睡的冬季
用思考体悟生的怜悯
似一朵浮云映影，一抹旧花新香
幸存在落红无数的凋敝里
瑟瑟地询问，散落一地的惊艳是否
强过疲惫的枯萎

立　　秋

玉米在襁褓中静静地抽须
躁蝉在山间彻夜地嘶鸣
我在阴郁抑或晴朗的空间
眩晕在心蓦地疼痛的瞬间
夏随时光已转眼不见

冬　天

积压的云朵是你在远处的沉默
没有一首歌能拨开封锁
距离遗忘的淡漠
在忽冷忽热中惊惧
自行摸索
心痛到决离又情意婆娑
这个冬天难以割舍
所有的恍然大悟都可以被席卷而空
在北方的冬夜
干瘪的树丫在大风中坚守爱情
没有温暖只有挣扎
爱恨到愤怨变幻爱恋的忐忑
在冬天的萧瑟里咎由自得

用温暖的名字唤你：醒来

初冬，清冷的视线里
凋敝繁花，独留下鲜妍的落叶
湿漉漉地在枝叶间，滴答着心的萧瑟
你，静躺着
在人间的青石板上，还是在梦幻的失乐园
平日的忙碌，被时空瞬时一概置之度外
在命运的背面，我看见
等待的死亡，抑或重生
正装扮成神异的女巫
索遍人间，要唤你归来

你没有回声，只是静静地
任凝冰枝头的雾水，逼退枯黄
任洗刷浮躁的雨水，拂去尘埃
然后，在你耳边一声一声默念
你温暖的名字
轻唤一遍：醒来
即使大地要在今日正式地睡去
记忆里残留的童真依然祈愿
若用温暖的名字轻唤
你便如天使般，如初地醒来……

曼妙时光

那是你的舞蹈吗，在深夜的月光下
幽暗的竹林里婆娑的是月光还是竹影
哦，我确实昏花了眼睛

衰老让睡眠更容易在暗夜中惊醒
我探起身在爽朗的月光里睁大眼睛
那是梦里的一缕轻烟
是记忆里被淡忘的诺言
是年少时不小心丢失的那把糖果
哦，我确实昏花了眼睛

我想用苍老的脸补偿一个微笑
或者抬起手臂将你拥抱
然而，我看不清那是你浅浅的低笑
还是衣袂舞乱的光影
哦，我确实昏花了眼睛

闪耀在袖口的荧光和着夜的碎影
在指尖炫舞飞尘
星疏月朗，多数人睡去的夜
而我此刻，坐在夜的流光下回想
生命的所有曼妙时光

青　　春

青春，是坐在教室后排角落的你
对抗着整个世界的黑暗
我用一根蜡烛流放了夜的时间
在你眸里看见的灯塔
扑朔迷离
待我走近，轻叩斜倚的窗棂
轻唤的欣喜停顿在寂静的空间
错过一场有关生死的爱恋

葡　萄　架

小时候，一直梦想着在院子里
搭一个葡萄架
和鸡笼旁的石榴树做伴
在椿树与桐树之间
搭一个网着绿叶和青藤的葡萄架
葡萄架下，父亲摆着摇椅
我爬在父亲的肚子上
一伸手就能摘到葡萄

长大了，父亲在院角搭起了葡萄架
用椿树的干做了支架
用桐树的椽做了网格
石榴树和鸡笼也为葡萄架让了地方
而我也不能再爬上父亲的肚子
去摘一颗葡萄……

伤　疤

你的手臂不小心被门框划出血痕
留下了一道伤疤
对于成年人来说，受伤不算什么
你既没有消毒，也没有包扎
任其在手臂上结痂
留下一块比周围皮肤光洁的印记
这是成长中留下的伤疤
你或许忘了，我却还记得

我不知它为何会落入我胸怀

我不知道它为何
落入我胸怀
像一抹尘埃
沾在潮湿的胸口
用轻盈汇聚力量，让我感受沉重
莫不是星星滑落的遗骸
是人间的重生
却为何落入我胸怀

或许是回眸时无意跌落的泪滴
是夫子鞭策马蹄扬起的灰粒
是过程的遗弃
匆忙的丢失
却为何落入我胸怀

黏湿的犄角撞伤了洁白的乳房
在璀璨的星光中播撒更斑斓的芳香
渴望像结果一样被珍藏
像孩子抹花的脏脸
子弹废弃的外壳
却为何落入我胸怀

我被命运迎娶在浩瀚的沙漠里
用尘埃细数着播撒在峰峦里的悲哀
没有人懂得去忘怀
苍茫的风气呼啸着蛮横的力量
在沙子里我把自己深深掩埋
从没想起要重来
却为何，落入我胸怀……

河畔的树林

河畔，柳树枝头的一抹绿光
在风中绘画着，雀跃在河心
裸体戏水的少年
赤白闪耀，在绵长的水草间
枕着鹅卵石
冲刷夏日午后的酣畅

记忆，是躲在石下的小螃蟹
是和水草捉迷藏的小虾
在湿热的空气里
水流荡漾的微风
撩开芦苇丛的沉寂
在河心播撒快乐的秘密

林间，荫凉的香气四溢
捋开蜇人的藤蔓
寻找一片空地
飞溅海阔天高的遐想
嬉闹着情谊相契的博弈
微妙和甜蜜传递

相伴，是日日重复的不相厌

是时光流逝后依然等待的依恋
折柳回望的清晨午后
见证人与人之间最实心的温暖

花香烂漫，石桥下停歇的路人
饮着河水的甘甜
历史尘封的官路上
串演着东西南北的故事
河水漫过堤岸

跳水溅起的花环一如平日的光鲜
浮漫过后是无际的沙海
河石的青苔也早已不见

远望没顶的树梢
废弃的石桥
漩涡肆虐着悲廖
被迫远离的青春
跌进永恒的纪念

河畔，柳树枝头的一抹绿光
在风中描绘着
在河心戏水的少年

迷　途

透明的人流激起的尘埃
舞动了一段飘逸的节奏
随后，静默一场疲惫的旅程
在雕塑的依附里
结束一场惊艳的迷途
如一场少女的纯情
聆听了伪装的叙述
在灯火辉煌的街口
悲剧镌刻着生命的脚步
用季节的交替演绎
忽而明朗忽而晦暗的心境

别　　离

这个冬天，注定要向你告别
即使在枝头不舍地悬挂过好几个节气
最终，还是被风旋转进枯叶堆里
涅槃般焚烧了身体
我也曾在飘落时，向你追问
究竟是为何？我们要分离

枯干焚化，好似一场仪式
在生死的节日，宣告世事
不容诉说，不容询问和置疑
我在飘落的瞬间忽然闻到了
你积蓄了一生的香气
在仓促的记忆里，书写着
从来都没有读懂过的别离

心　　结

在暗夜的孤独中
搜索着文字
渴望某一个字眼
能将心底的心结融化
换来一个幸福的睡眠

可惜绕肠千遍
心结愈浓

在生活的纽带里
我们就这样不断打着心结
直到有一天再也无法解开

我想，写一首有关江南的诗

我想，写一首有关江南的诗
雁荡留声，泥塘螺贝
西子湖畔，梅坞雪景
沥干时间的茶香在心口浓郁不散
啊，谜一样的葱郁苍茫

我想，写一首有关爱的诗
默坐的身体，漫涨的潮声
共享油纸伞下的雨巷
独不见那张丁香花般润香的脸
啊，谜一样的情缘

我想，写一首有关际遇的诗
默坐在命运的快车
翻滚的时间，穿梭的大地
我从北方而来，走近又远离
一段只能在记忆中珍惜的过往
啊，谜一样徜徉的感动与孤寂……

秋雨未至

弹奏在又一个夏日尾韵上的
究将是酣淋快雨的潇洒
还是炎炎烈日的焦灼
忽然阴沉，或许不代表悲伤
将至未至的时日里
消磨的是
一个年轻女子的时光

佳　　作

烈日，旱地，井
汗水冲刷着土地的干渴
将黝黑的脊背，脸庞
装进垄沟的相框
在天空的镜头下
白绿纵横
交错色彩与时间
泛水的引流
这幅画的作者叫：父亲

孤独的声音

薄霜，迟滞了黎明的视线
微凉
脚尖踩过的声音风化了冬
在雕花的石阶上
跌落六艺楼抽噎的歌声

无端溅放的孤独萦绕孔子的塑像
喧闹默诵的经典
悲哀穿过心头的尘埃
让追寻的惶惑，依然如初
隐匿其中，又独立之外
是始终的孤独
是孤独的欢欣
是如一的时间
是时间的不散

穷　　人

辗转在泥土的种子
磕打在碾盘里的粮
脊背佝偻的时间
迷信着世间的因果

年　　轮

曾屹立在岁月的深林，审视生活
一头散发，一脸油污，没有笑声，却是笑话
也曾细数时间幽暗的过往，一圈一圈
用身体记录成长的忧思与欢乐

然后，等待一场叛逆的倒塌
积蓄一生馨香，用不再生长的年轮
打磨有关前世今生的网
将爱与悲伤，投进是与非的涅槃中羽化

那些静默在时空中的分合
以立体的方式呈现给我生活的颜色
我只有日日擦拭，夜夜叨扰
才在你曲折的纹路间，看见了底色

佛性的打磨

拆分，又合和，在生的纹路中
我在日日焚思，擦拭
将人间的脆弱磨成粉末
无论是一把椅、一扇门、一台桌
压合，打散的是日子
和日子里琐碎的磨合
从粗糙到光滑
从光滑到精致
不同的磨具让你受尽酸甜苦楚
又将你打磨成人间的尤物

梦　见　水

山中大雨
楼房变成一道壮观的瀑布

淹没的大水身在其中
在大浪面前被温暖的水包围
恐惧和焦急
站得似远又近
观看一场劫难的发生

生 日 快 乐

身披一袭彩霞
在荒原的朝阳和暮霭中游荡
我是蒿草尖上摇曳的一抹阳光
随着晨风起舞，晚风沉静
观照悠长绵延的人间
悲欢聚散皆化成日日屋顶上的袅袅炊烟
在心头揉成母亲的一句呼唤

疾驰过山川
把眼睛、心情都一一奉献
我是颠簸在急流中的小船
心猿两岸，又坚定急促地向前
默数归家的时间
风晴雨疏变幻岁月的云帆
疲倦苍老了容颜依然笑意盎然

推开眷恋的家门
拥挤在阁楼上的午阳
喧哗了素日宁静
我一一翻看，这些年存储在时光里的孤独
手中墨香漫散
今生，只愿被文字的回眸温暖

今日，我以纸焚诗

今日，我以纸焚诗
思念，翻滚在夜的大地上
用车轨撞击悲伤
等待一颗远游的心，还归故乡

种植在身体里的渴望
因着俗世的仪礼而遵循意义
灵魂，分住在不同的街区
却共享了距离

我把焚烧的火焰
偷食了一口
咽在疼痛的喉间
舔舐为你遗留的伤
我在疾驰的列车上，朝你的家乡祭拜
期待，在某一节车厢
找到你还乡的身影
某个瞬间
你正隔着车窗呼唤……

清　　明

初春的荒草杆随风摇曳
搅动着我的灵魂
在这个峭寒静谧的夜晚
白天，没有时间思考悲伤

长久地活在另一个世界
身陷并行和纠缠的困扰
企图用文字冲破的网
还在密密急促地编织
迷惑石碑前承染思念的人

月亮，似隐还无
澄明或许和今夜无关
在幽暗的地表
有无数湿滑的嫩芽正破土而出

03

那些爱的困扰

锁进抽屉的那一束光

你是锁进抽屉的那一束光
夹在已经泛黄、写满了蓝色小字的笔记本里
滴着眼泪，好像一张渴望被亲吻的脸
在飘着雪花、昏黄的路灯下哭泣

你是锁进抽屉的那一束光
蜷缩在久已尘封、被遗忘的记忆里
寂静地等待一段真正的因缘
好像一个虔诚的信徒
在佛前，许下前世今生的愿

你是锁进抽屉的那一束光
沉寂在曾汹涌、满溢着潮水的指尖
弥漫成一片结冰的河面
好像一双冻裂的、颤抖在雕篆中的手
唯恐暖阳融化了那一片素白的河畔

沉　　默

每天，都可能在这个城市里走散
嚣躁的十字街口，不容等待也不能寻找
只是遇到就遇到……

不知何时，我走进一条小巷
满眼冷意，心底荒寂
没有了爱的痕迹
好似误入一潭泥淖

我将心封锁在清贫的阁楼上
等待黄昏暮夜的相聚
今生，所有的高谈阔论
都因着与你的奇遇

爱，却迷离在夜的烟花巷柳
漂泊的无望，淹没了所有爱的意义

纠　缠

争吵和沉默
都是碎片
堆积在记忆里
凌乱了马桶水响中的白炽灯光
声音和色彩都在痛苦中变幻

靠近抑或疏远
都是凌乱
爱恨在幽怨里
恍惚了声色俱厉和温情蜜意
欢乐和哀怨都在心头纠缠

心 事 一 地

把心事摊开一地
你无意间踩中
没有在意地走过
碎了一地的盼望

我在怀疑
怀疑这场相遇
是否还夹有爱的秘密

无望将委屈翻乱了摊开一地
我又匆忙将它收起
让干净的地板
再也没有心事一地

睡　　意

用一个晚上的时间经历，女人
延伸谎言的青春

眼睛已流过太多泪水
今夜只想紧闭

在燃放的灯花中
绽开的窗棂上
响彻命运的聒噪
颤抖了灵魂的神秘

凝望，遗忘在倦意里
此时，即使是轻吻
也不能消掉浓浓睡意

深　　情

匆匆，走了又来
在挥别的手心
隔着回眸千遍
依恋和魂断
在等待的镜里
消瘦无边
匆匆，你走，你来
来去，看透了疲惫的双眼

若爱，有来生
必将把手放在你的额头
触摸你身体的温度
必将把唇轻贴面颊
亲吻你乐观的态度
必将把心紧靠胸膛
衡量你对我依恋的浓度

今生，会这样一直孤独地终老吗

对爱情总是充满想象
却从来不敢大胆地爱　一个人
在若梦若幻的等待里　是否错过了那个
对的人　今生会这样一直孤独地终老吗

对命运总是满怀畏惧
却从来不敢勇敢选择　一个人
在焦灼难隐的热望中　是否燃烧了那个
对的人　今生会这样一直孤独地终老吗

对缘分总是神秘揣度
却从来不敢大声说出　一个人
在若即若离的暧昧里　是否确定了那个
对的人　今生会这样一直孤独地终老吗

翡翠 · 女人

每一片翡翠都是沥干了痛苦的云
需要被温柔地对待
正如需要温柔地对待每一个女人
丝丝缕缕的翠，是女人心底的牵绊
变幻在翡的空间，重复着奇幻与惊艳
呵护在心口、腕上、指尖
是日子的重复，对磨砺的坚守
雕刻的每一笔，都在阐述着：存在

有我的岁月

曾经，用了太多的时间哭泣
忘记了有我的岁月里
太阳每天都在升起
即使偶尔乌云遮挡了笑意
也毫不疏忽地
在每个阴云的空隙证明自己

哭泣的姑娘

半裸的蓝天，缀着太阳
云很少，窥伺着一个姑娘
脚下的麦田还没有苏醒
正梦着来年的花香
一阵风过，花瓣片片跌落
在泥土间的消散
斑驳了松软的襁褓
可否帮这位姑娘化解心中的忧伤

招摇的墓碑堆积的新土
嘲笑一个抽泣的姑娘
疼痛了今天散播着温暖的晴朗
晚霞度量着灵魂的凄凉
帮助这位姑娘驱赶忧伤

谁的窗户会在这个冬日推开
迎接凄厉的晴朗
如果恰好你正站在窗前
默听自我的倾诉
原谅一个在冬日麦田中哭泣的姑娘

阻　碍

慢慢，我们之间堆积了太多障碍
无法再越过，彼此叹息着离开
习惯了眼看着，一件一件
阻挡了彼此的视线
你想象着对面的我
我想象着对面的你
想象已经阻碍了我们彼此
谁也不敢再伸手
将之间的屏障推开

慕　恋

怎能阻止我的眼睛
脸颊蓦地绯红
你闪烁的影子，在低头一抿笑间停驻
无心的回眸，怎能阻止依恋
暗夜里，散发催促入睡的芳香
当靠近的脚步踟蹰
怎能阻止蔷薇花瓣上积攒的露珠
在阳光下点点消散

天 使 之 爱

原来爱情，只是确信自己爱了
和他人无关
原来美好，只是善良捧起的假象
心的褶皱里满藏了污垢
诅咒用另一种方式去接受

柔软的肌肤在清冷的指尖游走
诱惑时岁里孤独的重负
爱和善良从来都没有焚伤
轻舞飞扬的翅膀
传说苦难让人学会向往
向往滋生了幻象

或许从来都是爱与错过
从来都是遍体鳞伤

花簇和女孩

冬日的麦田上，有一个手捧花簇的姑娘
花簇鲜妍，一如襁褓中柔软的婴孩
深情含泪深吻芳香
阳光温暖，却到达不了她的心房

斑斑跌落的花瓣，在阳光下
被迅速风干记忆
无法瞭望，更无法疗伤
灵魂被驱往他乡

这是一个脆弱来袭的黄昏

这是一个脆弱来袭的黄昏
柔情蜜意是最犀利的杀手
对于永恒的苛求
是梦魇，刺痛红肿的眼睛
西桥小月倒影的帘钩
终南泉引缭绕的香炉
佛前蒲团化成坐莲
是一抹相思，盛开在池藻间
惹染月高云轻的夜

这是一个脆弱来袭的黄昏
耳畔低语是真实的孤独
朝朝暮暮散开人间的百合
在游吟诗人的词句里游荡
崖畔婉转的沧桑鸣唱
黄鹤一去不返
临江高阁泊烟
英雄隐忍
美人迟暮

圣 诞 前 夕

你拉着我的手
奔往焰火的那个午后
匆忙得忘记了太阳
欢呼，掉在冷静的夜里
将你我的距离蓦地疏远

我多渴望留在你身边
即使双手滚烫
也没有放手你的冰凉

从夜的偏角返回
挂在土墙上的衣角
惊醒守夜人的梦
忐忑跌落的逃跑
嘲笑着稚嫩的初衷
在树林还是灌木
沼泽还是河堤
迷惑的心神里
等待一场湿冷的休息

今夜，我想为你写一首情诗

今夜，我想轻吻你的唇
用温热代替思念
曾经无数次澎湃地翻找
阅读的，不过是更多的遗憾和错失

今夜，我要让心的跳动
荡漾成最美的涟漪
扩散着，直到触碰你的一刹
将自我裹藏在快乐中消融

今夜，我释放的思念如久违的繁星
照耀你此刻或许因琐事而惆怅的心境
梦想遗落在芸芸众生
陪你虚度一世光景

黄昏里的爱人

夕阳穿透楼层
坚固了余晖的虚浮
渐行渐远的余温
伤感着空气的浮醉

模糊音容
却心系相牵
意通眷念

一颦一笑，一恼一怒
在世间的独行
偏有你在温暖

这 是 爱 情

四月的花香从傍晚的习风中
穿过你的、我的
心照不宣，相互惦念
似乎在传递轻轻俯身给予的一个亲吻
苍老的脸颊静坐在人群中
欣赏着流淌在花香中安静的爱情
和如此靠近的呼吸

我看着你发光的侧面
就这样咫尺地在我眼前闪耀
亲近得，几乎要淹没了
还留在记忆里的
那些鲜嫩的悲伤
我想此刻，在你沉重的心怀里
掬起的会是怎样一汪甜蜜
我们在彼此的成长中
学会了安静

把深藏多年的温情
舒展在彼此的眼中
而今夜，花香和深重的呼吸
隐匿着静默的凝视

在昏暗的傍晚
如同那明亮的爱情
驱散淤积在心头多年的阴霾
我坚定地确信这是爱情

伸手可触摸到的微笑里盛着满足
在温润的花香里闻得到
两颗心脏颤抖的热情
四月的夜香
传递也侵蚀着爱的温度
凉风吹透燥热的浮土
我坚信这是爱情
不管隔着俗世你能不能看透

如水

黑蚂蚁的触角
抵着柏油路上的花瓣
将男子汉的慷慨
炫耀在高山面前
烂漫的花期锁在山外
活水浸透浮尘的躯干
天外顽石固执地归来
倦怠了疲惫的画卷
了不断的情缘一如诗的荒诞
驻足丁香不愿离去

柔情已经蒙蔽
眷恋的眼神也毫无意义
男子汉的背包
该把消瘦装起

粉色的花开在极大的树上
凋落，消除了梦想与大地的距离
空气中分散的香气
只有蜜蜂才为之欣喜
躲藏在繁花背后的忧郁
预谋着精心的分离

曾无度挥霍的稚艳
如一地花瓣
惹尽无限叹怜
盛开，凋落，不因为艰难而故意退缩
热情，疏怨，不因为爱恨而拷着枷锁
这是男子汉的品格
勇敢来过

艾 香 余 生

和父亲去山里采一把白艾
脚踝陷进了石缝中的刺蔓
对着大山喊：哎——
将所有的前世今生一一召唤

父亲将白艾插上门环
我抽取其中一把点燃
让袅袅艾香传遍庭院
将所有的前世今生一一祭奠

父亲躺在仲夏的门前
在竹藤椅上做了一个长长的梦
梦里依然英俊青涩的少年
转眼已迈花甲

凝望父亲额上的沧桑
疼痛了我无助的中年
坐在父亲的面前
心中缠绕的前世今生的无限哀怨
此刻都化为艾的一缕青烟
要将这白发老人转而变为少年

在爱的境遇中

在爱的境遇中
我是一尊不能抽身的佛像
任凭你在日日苦度中瞻仰

不能蒙蔽初心的碧澈
在纠错中消怠苦果
不是太早就是太晚
荏苒迷途的羔羊
在浮世中叩问时间
是否能躲避情缘的是非因果

爱 的 遗 迹

随着你的心事起飞
在一个不经意的转弯
迷雾，将你与我隔离
不知你是否知道
迷雾后面，有爱的力量在延续

或许我已经落下很远
或许你已经远离
不知你是否知道
你的回眸会遇到明朗的蓝天

可我依然蜷缩在迷雾里
想这或许是你留给我的爱的遗迹

当我想你的时候

你的手是否有温暖的温度
你的脸是否还挂着善解人意的笑容
相遇，遥遥无期

街口走过的每一张脸庞
耳畔响起的每一种声音
都成了我想你的因素
夕阳下携手的年轻人
脚边相互搀扶的老人
眼前展现的形形色色
都镌刻着相伴的甜蜜
翻开形影相吊的记忆
没有一页写着我与你

爱 的 困 扰

心中涌动的美丽
停留在你出现的那一刻
停留在我柔软的心灵上
像一朵美丽的百合，在风中妖娆
我知道，这是爱你的因素

颤抖的手触摸着你近在咫尺的温度
像扰人的罂粟
在欲望中盛开又凋零
若你还记得离开时向我回眸

仓促间，你依然会将我拥抱
我知道，这是你对爱的遵守
短暂停留的深情
却成了爱的困扰

很想看着你的眼睛
说出那句最想说出的话
只是每一次看你，都忘记了说
于是我们之间
虽然已经过去多年
终究也没有说出，那句最该说出的话——

碎花布长裙

在纷繁复杂的流行中
摇摆着碎花布长裙
在街头想要寻找一个女人
像小王子寻找一朵玫瑰
各色的碎花长布裙
在街头想要寻找一个女人

滚 滚 红 尘

封锁在阁楼上的忧伤
瞥向窗外挚爱的纠缠
滴答着无助的破碎
依然执念温暖
一地憔悴的灰烬
依然在你怀里复燃
原谅我独自忍受风霜摧残
依然将你推向未来的船
只因滚滚红尘中尘封着勇敢
等待无期的相见

爱的磨盘

斯磨着心的磨盘
一圈又一圈
从心的一端，走到另一端
泪水，踱步距离
碾碎恋爱中，浓浓淡淡的小脾气

脸颊藏匿在衣襟
无言的背面，是爱的犹疑
如冰霜漠视太阳的金黄
终究抵不住，淡妆浓抹的嫌隙

翻剥的糖

粼粼播撒的斑斓
闪耀你的眼睛
闪耀轻灵的心情
无论是你匆匆
还是闲适地走过
亲爱的，此刻
你裹藏在哪一颗糖果里
等待我欣喜地翻剥

爱情，是那棵开满花的树

爱情，是开满花等待在你路旁的树
清晨，你从树下走过
那一树花香悄悄落在你的肩膀
偎着你的脸庞
陪你度过一整天的闲忙

黄昏，你漫步树下
那是为你准备的一树花香
拂去胸膛噪染的尘
静静呼吸
呼吸甜腻中爱情的痕迹
瓣瓣花枝在夜风中召唤
你会忽然明亮的目光

看见，那一树花开
只为了一次倾心的凝眸
在花与眼睛同在的时空……

少女的爱情

还记得我穿着白色棉布连衣裙
奔跑在家乡秋日的河畔
夕阳映红的蓝天倒映在河水里
像你美丽的脸

我把一簇野菊放在河岸
花瓣飘落的水面上
荡漾着一个个甜蜜的吻
我跟着河流奔跑
奔向我的爱情

当我看着你的脸
你总是微笑
手指轻轻抚过你的嘴角
我告诉你我的爱
甜美的梦中你拥我共眠

当然我记得手里那簇金黄的野菊花
我跑遍整个山坡水涧
寻找一根枝条编成绿环
我要把花都插上
一朵一朵都是我在对你笑的脸

我郑重地把它戴在你浓黑的发上
看你有些微嗔的眼睛里泛起羞意
你是喜欢我的，是吗？
只是喜欢

只是喜欢，就足够了
没有生死别离
没有刻骨铭心

所以我一直看着你微笑
从依靠在你的肩膀到你起身离开
我不说话，只是微笑
把所有甜的痛的秘密都藏在笑里

一朵盛开在月夜的花

秋夜渗凉的微风里
门前夹竹桃枝头那颗红硕的花朵
是不是像我对着太阳一样
对着明月微笑
或者你已进入酣眠
那曾经舒展的花瓣
此刻是收拢还是凋落
花心里绽放的香甜
是在月光里弥散还是
被清冷的空气凝固
——
都无从知道
只有月亮知道
你是此刻在枝头酣睡的那朵
花瓣紧锁
即使秋夜的冷风透过
你都不曾放走一丝
准备给我的香甜

美好的凝聚

走的时候记得来吻我
在你转身关门的那一刻
当你背对着我拉开窗帘
我好想好想你俯下身子来吻我
柔软的唇从我额前滑过
我闭上眼睛在心底偷偷窃笑
你是我每天一睁眼遇到的光明
是我一开口就溜出的口头禅
是我舞动时手臂间滑动的弧线
是停留在指尖久久的余香
是梦境中永远不凋零的彩色花朵
是等待时小心踮起的脚尖
是倾听时耐心的微笑
是跳动的棋子
是音符
是一切美好的因缘与凝聚

这是一个寂静的夜

这是一个寂静的夜
灰尘停止了漫无目的的狂舞
夜的脚步也因为寂静踮起了脚尖

寂静开始狂叫
喧嚣在无声的霓虹
撕裂爱在天空的玄想
这是一个寂静的夜

睫毛下飞逝的岁月
在寂静中嘲笑
嘲笑端坐的理想是多么的渺小
嘲笑年轻狂妄渐渐萎缩

这是一个寂静的夜
寂静的夜里
孤独的恶魔动摇着人们对爱的坚贞
动摇着一切美丽的想象
用他狰狞的面孔为我们演唱一首虚假的曼歌

凌晨三点的火车站

星星隐匿在浮尘里，丧失了闪耀的力量
四面袭来的忧伤，挣脱理性
撞伤日日擦肩的守候
注定，是一场彻骨的离殇
眸下清澈的汪洋可看到了星光
凌乱的人群中，你的脚步可曾彷徨
寻找心底的那一张脸庞
陷入爱情，每个人都会盲目
无视渐行渐远的独自哀伤
习惯了朝着感觉的方向
凌晨三点的火车站
灯光下抱紧你的冷和陌生的臂膀
带着窃喜和慌张
你无从知晓破茧成蝶
就命定了不能休止的飞翔
形影相吊焚烧着时光
在红绿灯的交错里相遇然后分离
在一场浓重的酣梦里
愿不辜负苦等春来的忧伤

有阵雨的早晨

你的翩然而至
丰富了这个有阵雨的早晨
欢喜把骤雨遗忘在门外
虽然你带着雨点而来
燃烧的壁炉烤干了你肩上的尘土
旅途都抛在执手相望的背后

等　　待

想豁开天空，去找寻你
在这些寂寞的日子
即使风过，簌簌扑落的松针
一棵一棵扎进
爱的眸子里
我知道，扎痛的不是等待的寂寞
是晨起的阳光
我宁愿相信这是爱
当雪白的墙纸
被思念的红线涂满
在等待的隔壁
会不会有一扇门
为你悄悄敞开
想成为一只鸽子去寻找你
嘀咕咕的语言里
写满了对你珍爱的痕迹
当疲倦的羽翅
刚刚好停靠时
有你温柔的肩膀
把我扶起

春天我想你

一股力量，正从大地深处涌来
在我的心底长成思念
放眼望去，你是满山开放的迎春花
呼唤着我对生命的欢喜
那一声声迷失在石畔的声音
正催促着我沉重的脚步
叫醒一级级迈向你的石阶
水，从未忘记
石，从未忘记
你我的脚步终将要汇集

一年零十天

这是一年后的第十天
这是望着你把心徒然紧锁的那一天
这是一年后的第十天
沧海都没有把爱的情谊分散

这是一年后的第十天
轻远的浮云依然安静地走过
这是一年后的第十天
倔强任性的缰马也没有挣脱

这是一年后的第十天
你还是冷冷地从我面前走过
这是一年后的第十天
我仰望爱情的眼波依然饱含泪水和欢乐

我不赞美爱情
我更不能高歌
那在爱里被逐渐折磨疼痛的心啊
宁愿把爱的憧憬撕破

记　　忆

不知该如何记忆，这一段感情
如艳阳的忽然明媚
如人群的不期相逢
你看着我，我看着你
俗世纷乱中，彼此却爱得专注
庞杂的心结，追问脚步踟蹰
不知命运安排的结果
在无缘的错过之后

平息自我挑起的战火
作为燃烧过的种子
枯焦在春日掩埋的泥土中

大地上正发生着
多么可悲的一幕
走过了就再也不能回头

生命的疼痛验证着存在的犀利
每一抹斜阳都隐含杀气
不如死去，愧对这一世的浪漫
光阴如梭，延迟了结果

生命中若没有了爱情
将要怎样孤独地走过
继续寻觅，还是用静默封锁

一场追忆完成的凋敝
惶惑着世间因果
很想抱紧一个人
也被他久久抱紧

燕　子

燕子妈妈飞进我的房间
误撞在玻璃上
掉到了电视后面
小燕子在巢里伸着脖子等妈妈
儿子站在小燕子的巢前
咿咿呀呀地唱着：小燕子，穿花衣
燕子妈妈挣扎着飞起来
迅速回到燕巢
嘴里还叼着给小燕子寻来的小虫
我对儿子说：
燕子妈妈飞走了
爸爸妈妈去上班
你和小燕子做朋友
天天站在它的巢前唱歌
唱到它长大飞出燕巢
儿子说：好
乖巧地唱：小燕子，穿花衣……

捡 涟 漪

河堤上，儿子将小石子捡起
一一扔进河里
河面上荡起涟漪
我告诉他
那一圈一圈的波纹
叫：涟漪
儿子跟学着说：涟漪

晚上，睡觉前
儿子抱着奶瓶嘟囔：
妈妈，明天去河里捡涟漪

给暗夜里迷失的你

我要为你缝制，一盏天灯
在走失的树林
寻找一声源自你的声响

我要为你点燃，一盏天灯
即使缝走的针线，错乱了方向

梦到你误入荒冢间
惊吓得像个孩子
我知道暗夜里，有深重的寂寞
所以，我焦急地要
为你缝制一盏天灯
要在最短的时间
让你找到
家的方向

无 缘 之 爱

夜幕来临
烟味笼罩四野
空旷又熟悉的人间

从出生到死亡
没有一刻能逃离

大地上的沉睡
缭绕疑惑的思索
没有一个空间能清晰

岁月寻觅，心跳在消沉的情绪
断肠人在眼前踟蹰
欲言又止
欲说还休

暗　恋

是暗夜的萤火
是忧伤奏响的乐声

影影绰绰

在你眼睛里生长着的
也在我的眼睛里生长
灵冥中相遇
也是偶得的光芒

威严和圣洁的祭台上
跳动着强劲的脉搏

禅　意

当你沉默地离去
说过的　没有说过的话
都已忘记

我将哭泣夹在书页里
好像年轻时珍藏的几朵茉莉

也许会在多年后
一个黄昏里
从偶然翻开的扉页中落下
没有芳香　再无声响

窗外那时　或许
正在落着细细细细的雨……

悬崖上的泪珠

一颗泪珠风干在岩石上
旁边是一棵枯干的树

哈哈，我是一滴雨
我从天庭来到人间

枯树在一旁沙沙地摇头
泪珠努了努嘴说：
哎，我是一颗露珠，晶莹剔透
连太阳都愿意在我的怀里歇息
枯树默不作声

你知道做一滴露珠是我的梦想
在清晨的阳光里闪亮，把整个世界揽进怀抱

枯树笑着把目光转向了悬崖的前方
哎……泪珠唤了唤枯树
你知道，我是一滴泪珠
一个悲伤的人爬上山顶时看见了峭壁上的你
就决定把我留在这里
虽然我已被风干，而你也已干枯……

四月的满光

夜间流淌的温情
抚摸光洁的肌肤
纷乱的情绪满涨着船帆
在倏忽变幻的瞬间往返
没有声音却交错着光亮

脉脉流淌的冰凉
在四月的海潮里播撒希望
封存的亲吻寻找着温热的脸庞

用心底最隐秘的爱情祭奠狂欢的死亡
是满涨的潮，是翻滚的叫
涨破的风帆撕裂方向
搁浅在安静的海岸
惊扰了沙滩上逐渐睡去的夜光

尘　　缘

第一次你向我靠近
我不懂得自己原来珍贵
你是王子，我只是刚从田里归来
鞋子还沾满了泥巴的乡下女子……

从来不敢相信
幸福，可以这么容易
太珍贵，所以怕得到又失去……

懵懂的心选择了各自沉默
于是，错过了本能重逢的路口
直到在对的时间，张望了无数遍

尘缘里，曾错付一腔深情的女子
再见时，你依然是王子
我依然是刚从田里归来
鞋子沾满泥巴的乡下女子……

遇 见

我们，皆是一粒漂浮于尘寰的种子
在越远的地方生长
越能看见广阔的风景

你在彼岸的召唤，穿透历史的封尘
给我跋山涉水的勇气
耳边，大唐的钟声和诗句还余音绕耳
心中，你舞袖的水岸是否宛若江南
堕入红尘之梦一晃多年
自叹残躯，池上横卧之岁不过期颐
却被你今生遇见……

04

那一年期许的花开

我的十二月

十二月，是我出生的季节
十二月，是生与死的交接点
十二月，是老子有与无矛盾的道
混沌是最最清晰的形式
你想要找的是你已经找到的……

上　篇

一

十二月，是我的季节
冰冷的风穿过
没有防御的心脏
雪花窜过
刺伤春夏秋的希望
我不是恶魔，不是暴风雨中
劈焦老槐树那骄横的急电
我用冰凉覆盖整个世界
我用坚冰把生掩埋
没有人能阻挡我愤怒的力量
你看，窗外呼啸而过的风
擦伤刚刚清洗过的躯体

鲜红还留在这里

快一点儿，我的朋友
雪花就要落下
揭开还没有埋葬的秘密
告诉他，走的时候
只留下了一朵花
血腥还在手上
咧不开的嘴巴
笑，藏在眉眼之间
我看得见
留下，愿你留下
没有说出是因为生的顾忌
谁造就命运的玩笑捉弄愚笨的人

二

十二月，是我的十二月
蛮横的风卷着雪粒的疼痛
击打在冻僵的脸颊
皴裂的肌肤渴望柔软的覆盖
冰凉在眩梦之后
启开，自以为是的温柔
温暖存在的手
温暖还没有落下的鼻息
温暖血腥的纪念下面
停不下来的你的脚步
快一点儿，我的朋友

雪花就要落下
理想还没有到达
轮回的生命里
尸体散发着恶臭的余息
昏黄伴着泥土涌流
淹没了大地上柔弱的苦难
哀伤吹响的子弹
射进还没有丰盈的胸膛
你不记得它曾经深深的爱过
这是它如此坚强的原因
生的使命已经完成

三

十二月 是我的十二月
冰冷困顿喜欢热闹的身体
雪花却丰饶了想象
相信矗立的意念不会倒塌
相信爱的誓言
当真理被死亡遗弃
你我愿一同接受罪的惩罚

不能搀扶的彼此惊悟沉默
各自迎接生命里各自的解脱
你说还有沉重的爱
只是请你记在心里
或许下一个轮回里
因为种下了爱，我们还可以再相见

而现在，我们只能酣睡

我的朋友，请你快一点儿
太阳刚刚从地平线升起
泪水还没有打湿随晨风起伏的衣角
蜻蜓还没有落在停止浮动的浮标
幸运的存在承受着巨大的哀伤
辉煌的宫殿已被废旧爬满
野山藤停滞在死亡的蛮荒
孤寂着绿色的梦幻

十二月，冷冷的十二月
炫耀一番就匆然而过啊
你要记得巨大的除了生命
还有苦难的坚强
留下，愿你留下
不记恨你曾经无视地走过
选择的权利只是交给你

快一点儿，我的朋友
太阳刚刚从地平线上升起
我气喘吁吁的脚步
已经赶不上你
坚强，坚强
不只是脆弱的坚强让疲惫的脚步继续
我等待你回眸的时刻
告诉我可以继续的信心

四

十二月，娓娓的歌声落入酣眠
纯白伪装的大地上
殷红继续绵延
这是生者对于死者的纪念
这是死者重一次的诞生
落入尘土，是一次消逝的生动
太阳在你落土之前升起
消化心中郁结的恨与思念

酣眠，酣眠
无视坟外柳色依然
我想我可以邀你来一同入住
只要你看得见为你开放的那一株蓝色小花
花冠戴在你的头上
你是这里的新娘

十二月，是我的十二月
冰冷里有只有你能感受得到的温柔
不是我额外的赐予
是聪慧的铭记
来吧，朋友
感受我微弱的温暖
虽然只会惹得你泪流满面
呼啸而过，是冷冷的风
冻僵你紧握生命的尸体
不是仇恨，是爱得无法停驻

我们放马扬鞭，以为
爱可以驰骋疆场所向无敌
亲爱的朋友
记得我们肩上轮回的责任
十二月不因为填满了爱而春暖花开
死亡，不因为爱而消亡

掩起虚空的悲哀在太阳底下努力流汗
停驻的脚步为你频频低头
随风而动的翠绿是我匆匆的足迹
有时候会在你闲坐的池塘边想起

留下，留下
没有说出是因为生的顾忌
你身披一身雪花悠然而至
冷冷的十二月，燃起悸痛的篝火
迎接生命里因为不再改变而远离了真实的纪念
篝火映红的眼
迷离了心中真与假的界限

五

十二月，冷漠的十二月
没有语言
摇撼不动的生的禁忌
放肆地大声哭泣
陷入迷狂，逃避生的意义
荒废岁月的肆意

滋长在无知的蛮荒
没有人在意结局

快一点儿，我的朋友
雪花就要落下
纯白覆盖的大地要将一切血腥抹去
我躺在绵软的雪丛里
等待新的相遇

窗外雪花温柔地飘扬
掩盖尸体无法抗拒的热量
温暖冰凉的手
温暖犀利后面制止不住的温柔
温暖坚冰怆击的生命里虚伪的坚强
收拾好残破的行李
准备新一次的远航

当爱与善意占据整个身体
升华了存在的寓意
寂静在纯白中奏响舞曲
灾难和悲伤都不再侵染刺伤
飞舞的雪花埋葬了爱的纯体

快一点儿，我的朋友
雪花正在落下
雪水正在凝冰
你看不见我微笑的侧面
闪耀在存在的面前

下 篇

一

十二月，雪花飘扬
石桥因为沉睡而忘记了
从不间断的渡桥的人

心中突然问：为什么坚持
苍茫弥漫前路
艰涩在雪地里摔出血痕
冰凉跌进胸口
静躺在河底的鹅卵石
此刻是否在回忆的浪尖
挥舞着小小的浪花
成长，让我们看见
同样路上的苦难
探寻生的语言
书上说，这是上帝的福祉
只是福祉让生命疲惫不堪

快一点儿，我的朋友
趁着眼泪还没有风干
趁着眼睛还能看见
趁着暴风雨后
透着甜橙色的天

选择纯白作为生命的开端

小手紧攥的雪花消逝成水
明白了，留不住
触摸不到的混沌里
无休止的轮回

快一点儿，我的朋友
雪花正在落下
疲惫夹杂生命的感伤
在大红色的棉衣里
炫耀年轻

二

一生只过了一个冬天
十二月聚集了所有的严寒
领路人冰封成纯色的雕塑
汹涌在河床的愤怒
隐匿频频感伤

冬的乐章纷乱着
花瓣上的纪念
十二月的冰凉
窒息呼吸的胸膛
在季节的更迭中担负力量

快一点儿，我的朋友
爱之后是生命的宽容
让我们更加坚守

让我们珍爱
你说总是来不及
总是在十二月匆匆掩埋
没有赶得上的结局

我亲爱的朋友
苍老是生命举不起的誓言
食指用诗歌让我们相信未来
我用永不疲惫的梦

三

十二月，是每个人回家的季节
困顿在雪地里的姑娘
用麻木体味着清醒
用酣睡刺痛了年轻
在破旧的门框上
母亲的守候斑驳了少时涂鸦
你说，一时的停止脚步
不是罪恶
只要你还记得
雪花飘落的早晨
依然有出发的人

快一点儿，我的朋友
趁着雪花还没有落下
趁着雪水还没有凝冰

母亲的等待依然
灼烧的蓝火水一般清凉
火红色的染料沾满手指
在青春的记忆中写下真情
失而复得
又注定要失去
稚重的鲜艳用滚烫的手
拉住你羞涩的冰凉

四

冰凉与温热，是十二月的主题
火红的炕上生出家的方向
冻僵的脚丫在妈妈的怀里温暖
犀利旺盛的年轻也渴望酣眠
沉睡的灵性在神庙中惊醒
迎月而上，奏响了雪的乐章

快一点儿，我的朋友
跟上我的步伐才能在黎明前到达
催促你是我的权利
干渴昏倒在遗恨的脚边
奔跑，在十二月的月夜中变得轻盈

倔强打翻了暮夜的白烛
细瘦的晨寒翻打的衣领
触痛冻僵的脸颊
思想疑惑，脚步不敢踟蹰

十二月，将你同我挤上命运的舞台
呼吸着凝滞成冰的空气
尖叫失而复得的欣喜

五

北方的十二月
在微微泛明的寂静里体味清醒
疼爱你是暂时忘记沉重的方法
破涕而笑假装看不见
生的背后是挥不去的死亡
清冷中，启明星始终伴着月亮

快一点，我的朋友
再走一步，就能看见遍地的油菜花
新生需要我们准备好伶俐的胳膊
削尖芒刺的头
执着的期许就在回首的瞬间相遇
明亮了最渴望靠近的躯体

白土　白土

白土是我出生的地方
没有骄傲
是因为没有什么值得骄傲的
白土飞扬　在妈妈的怀里
没有见过　飞马的痕迹
祖先的遗骨　化为尘土
成为白土的来历

一

成为一个生命，是因认识了你
落难的足迹踩着坚硬的血迹
小胳膊小腿，挥舞着
一夜之间化成一具握紧手心的尸体
尘土啊　尘土
亮晶晶地在太阳下飞扬
风尘仆仆的路上
弯刀厮杀着脆弱而又坚硬的骨气

敦厚的城墙阻碍不了你的来往无期
预留的道口如今已盖上厚厚的水泥
那青石板下，等待蹭落的尘土

向斜倚的桑葚树诉说着辛苦
手中的马鞭挥舞着千年不变的期盼

土匪的弯刀，起落间留下的苦凄
让攥握的手指在冰冷中等待无期
柔软的小脸蛋在花布丛中哭泣
安静地来去，还没有记忆

二

白土飞扬，迷痛不舍的遗弃
悬壁上沉沉的尸体
化成一缕相思的烟雨
充盈着纤细的哀惧
树根裸露永恒的证据
湿雨中静默陪伴的是纪念的勇气
白土飞扬，在沙枣树下的河畔
流淌的石河硌疼蹒跚的学步
颗颗鲜红的死人扣
在荆棘丛中、悬崖峭壁
摇曳着生存的软弱无力

你偷摘一颗放进嘴里
就如捡起一颗弹壳
吹响黄铜的声音
在绿迹斑驳的记忆里
响彻深深的好奇
生长　生长

没有穷际
红红的果子没有恶意
耳畔呼啸的风吹着生我的土地
沙枣树沙沙作响
好像是父亲遥远的长笛
子弹穿过世纪
搂在怀里的秘密
遗忘着人们死守的痕迹
虚无开放在大地
开成一片片澄黄玉米

三

油菜花一望无际
在娇盛的漫黄里淹没绿油油的香气
沉沉睡去
千年　万年
盛开的时候勇敢盛开
衰败的时候努力衰败
而此刻，只是将身体交付于你
尘土　飞扬
掩埋在青草堆里的年纪
了断一笔笔苍老的结局

夜幕中繁星点点
记挂着一个小女孩在沙枣树下
孤零零的回忆
树荫遮盖着村落人家的灯火通明

在温暖又明亮的屋檐下
母亲依着炕沿上冰冷的排叉
缝制大红色的棉衣
风吹起迷眼的尘土呜咽在树梢
催促屋檐下新生的降临
父亲在吱吱作响的脚手架上
用一块块橘黄色的土坯
砌筑梦想的秘密

潮湿的泥土在漫长的岁月里燃尽
孕育着湿热的空气
贫困挑拨生存的疲惫
人们在用顽强的生命力宣告
这是我的土地
即使风正卷着轮回肆虐大地

四

白土用湿润滋养游荡的幽魂
我和父亲挑起一担衣服
在河边结束第一轮与太阳的游戏
雨随欢笑声转为尖叫
摆放叮咚作响的各种雨器
母亲总是强调，先收取
散落在床上的雨滴
有时候，太阳也会同雨滴一起
被泼洒在门前的石阶
来不及看一眼脚丫上还挂着的淤泥

飞扬　你衰老的痕迹
已弥漫在久久不散的雨季

阵雨过后的夕阳里
晚霞铺满长空
灶膛里永远不灭的火星
牵挂着渐渐成长的胃口
快乐摇撼着幼时的风箱
烘托一个家的幸福
晒干躯体　摇晃手臂
在夏日夜晚的银河里
寻找牛郎织女的遥遥无期
白土　飞扬
温热的味道在记忆中抚慰远离
你记着我的
我记着你的
不用怀疑
在埋下头颅挥洒汗水的年纪

沉睡的王国

上　篇

1988年的冬天，我曾经在一棵丑陋的沙枣树下哭泣。甜美的红果在记忆中，随风坠落。那是一位大人的过错，它不因为幼小而被忘记。幼时的记忆对于生命，是一种魔幻的启蒙……

一

沉睡的王国，是没有苏醒的痴迷
幼小的执着渴望孤独
沉默在一个人的路上
喜欢花朵

课堂上的惩罚担着幼小的惧怕
绿色麦田才是探寻的乐园
有同伴一起玩耍

是妈妈的催促让我成长
以为远方会更接近梦想

脚步慢腾却从不曾停驻

踢过的小石子还躺在静静的路上
揪过的小草在不变的土地里翻新

秋天的哀伤要在冬天里完成
爱记在心里却在等待遗忘

冬日的薄雪印着父亲的足迹
我和每个小孩子一样
用足够的喜悦迎接
病痛中被关爱的欣喜

趴在父亲的脊背上
我伸手抓住了第一个希望
父亲疼爱的笑声
听从了我发出的第一个施号

二

雾蒙蒙的清晨
我和姐姐一起歌唱
走在上学的路上
抛弃曾寂寞的独行
不是因为没有苦痛
妈妈的等待
在夕阳中的老槐树下无限绵长
雀跃欢叫在冬日暖阳里释放一脸红光
春夏秋冬的更迭里没有孩子的忧伤

淘气装扮着英雄与坏蛋
忽而是救火的官兵
把小脸蛋和衣服抹成黑花白
然后，扬起武器
宣告一场战斗的胜利

冬日不会因为寒冷而不存在
冰冻的土地不因为坚硬而停止给予惊喜
薄薄的刀片拨开黑色的秘密
甜脆的胡萝卜藏匿了一整个冬天的秘密
干枯的树叶摇曳着悲叹
生命在童稚中一如汩汩清泉

三

每个人都在土里降生
落难在人间
是一块缺失了的土地
剧烈的跳动累着了平整土地的人
朗照的见证人都是月亮

呼吸的节奏加快在劳累的空间
土炕上降生，潮湿了新砌的泥墙
苦难成为力量
原始的爱浴血在终其一生的奋斗里
永不能被遗忘

下 篇

我曾经在远离家乡的邻家院子里看见殷殷的石榴花，我长久驻足。想念我的妈妈。盛开在五月的殷红里的，不只是记忆。

一

石榴花开在火红的五月
妈妈说那是妖精的季节
我喜欢美丽的伙伴
石榴花的碎片落在油污的胸前

从心尖泛开的无际的红
夹杂在翠绿的夜里
汇成梦想
石榴花倚着院里矮矮的土墙
冬天的大雪
冰冻了成长
第一次明白失去还有悲伤
关于石榴花的故事
藏匿在散发着霉香的书里
没有告诉妈妈

曾经朝夕相伴
却因远离而不再相见
石榴花盛开得没有遗憾

家乡成了遥远的回忆
小院内的石榴花也悉数落尽
埋在泥土里甜甜地睡去
枝头裂开的嘴巴
憨憨傻笑着是我见到的最初的美
主宰了性格的热情

二

等待着王子的荒林中的宫殿
在狭隘的枝叶中闪现
没有红地毯　宽阔的长廊
有灯光　点亮夜的凄凉
你是遥远的客人
疲惫，看不见屋内
金色的盼望……

出发的站点上
看得见梦境里的天堂
牵挂只来自妈妈
以最快乐的姿态出发
不愿让母亲看到
流着鼻涕眼泪的伤害
病倒在无端寂寞的夜里
一个人的绝望包裹黑暗
这不是我的旅途
梦想还在烈烈的骄阳下等待

我抠过废弃的城墙上
湿湿的土壤
爬过干巴巴的沙枣树
看见过停止生命的生命
燃起火焰
谁说这是在成长的路上
在成长的路上
留不住拥有的一切
姐姐牵过的手
开始空旷
我张开五指　希望
抓得住　近在咫尺的温凉
月亮照在姐姐睡过的那一头
告诉我另一片土地上　无尽的思念
沉默没有让我懂得
爱　可以这样仓促来临
我站立在懵懂中
错过　尘世的幸福

三

泥土把历史翻盖在下面
越高的地方　越少的人停驻
因为寂寞　人们拉起手来
以为很多人一起的快乐足以驱散长夜漫漫
不曾想到艰难把一个人留在了后面
不否认真实的快乐
作为自己，我孤立地存在

神圣和幻想从胸中褪去
裸露的生命血淋淋地走来
惊愕不能抵挡什么来临
你要的是勇气不是哭泣
红地毯在午夜的惊梦里被抽去
凹凸的海床
柔嫩的双脚，踩上去
渗着殷殷的血迹
你不会哭泣
毒辣的太阳，昏厥你的
不只是旺盛的青春
爷爷的古钟
在墙角斑驳地站立
被遗忘在落满灰尘的夜里

他们说夜太长了
需要闪烁的霓虹
却不小心燃着了
夜的虚空
在黑暗的迷醉里噼啪放响
在最初的生命里
梦想遗留　不愿唤醒
你抬起眼说别指望它能够
驱走心口堆积的悲情
存在是值得哭泣的奔赴
爱作为祭品　祭祀每一个生命
也希望有爱祭祀在自己的坟旁

期许的花开

一

柏油路上飞驰的清晨
分赴自我的青春
每一天路口的相遇
是呼唤的期许
在花开的年纪

欢快旋转生的陀螺
翻飞奔赴的衣角
像蝴蝶在劲风中抓紧命运的枝
脚下的轮转似暖还寒
绚烂了寂寞的时间

无须观众
只在迷雾中才敢放声高歌
遮掩岁月的迷醉苍茫
生者鄙陋，死者拘僵
在翻身而起的清晨
一季又一季奔赴的期许
堆积青春不忘的无惧

二

沙砾和红尘裹挟迷惑与挣扎
在黑暗的青春
揪着无助的悲伤
化散在日日迷恋的池塘
没有力量，却等过了漫长

日日的晨起
催促羞涩的自知
从不会意懵懂封锁的卑怜
从不向美好伸出助援
我知道生而一无所有
也将一无所有地死去

时间酝酿的美酒
歌颂着人间恩怨

若青春也是一坛值得品谈的酒
生的忧伤划裂心头的渴望
挣脱飞转的年轮
每一圈都溅着泥浆
甩向黄昏的夕阳

喧嚣和呐喊穿梭着村庄的小巷
在一间间房屋中寻找安身的地方
如果可以欢聚一场
在分水岭的脊梁上

多数是默默地收场
分离，带着不自知的惆怅

三

脚踝肿胀
飞转的年轮在脚下
磨破了青春的记忆

疼痛已随风远去
留下不会哭泣的落寞
等着斜阳，再次在天际划开
昼夜的距离

此刻，你正在夜的途中
寻找惊惧的黎明

我想，那一程岁月
若有你相伴
是否会少了黯然
湖水荡漾着无知的涟漪
关注就此搁浅

想来，日日绵长
在奔跑的节奏中
呼吸颠簸着混乱
缺氧的空间里
只有沉睡才是真实的心愿

透过门的缝隙缓释思念
平息胸口的波澜
你的笛声飘过墙院
在爱的荒漠里寻找甘泉

凝固的时间是你静默的背面
隔着幽怨
花期即许
就该在正当的季节
如期而绽

粉饰爱恨的边缘
期许一杯薄酒
畅想无期的心愿

四

繁星变迁了流水
夕阳成就了月圆
在青绿的石涧还愿一世恩怨
向前　向前
晕染的河水猛涨着湍急的落荒而逃

亲爱
若今生无缘
焚了一世心愿

后　记

《流淌的岁月在指尖疯狂》收录了我前后十多年间的诗作，虽不乏稚嫩之作，但皆出自当时所遇处境。只是无论情绪心境如何变幻，在生活的面前我们不得不低头虔诚地接受所遇。到头来，我还是那个奔跑在乡间小路上、脚踩泥泞的女子，在天地间自然地生长、守护自己简单的快乐，以此滋养灵魂和身体的存在。在爱恨、惶惑和迷失的道路上，探寻自己的方向，记录痕迹，感悟境遇。

感谢安徽师范大学出版社出版此诗集，感谢王东升老师、陈艳老师对此次出版的帮助和支持，感谢我的父母家人恩师朋友多年来对我文学创作热情的鼓励。

记录成长，感恩所遇。成长路途中的点滴铭记心间，化为诗句留存在记忆里，以诗集的形式呈现，好似对自己三十六年成长的回顾。感恩成长途中所遇好友恩师，让我执着于文学创作的梦想，始终如一。

张旭升

2018年11月28日